SF, 이 좋은 걸 이제 알았다니
이경희 지음

SF, 이 좋은걸 이제 알았다니

이경희 지음

목차

들어가기에 앞서

학창 시절 우리 반에는 무척 공부를 잘하는 친구가 있었다. 나는 가끔씩 이 친구에게 모르는 수학 문제를 물어보곤 했는데, 그가 알려 주는 풀이법은 조금 특이했다.

"이런 문제는 복잡하게 공식 외우려고 하지 말고 그냥 무조건 XX에 YY를 집어넣어. 그럼 70퍼센트는 풀려. 그걸로 안 되면 그냥 틀리는 게 낫고."

정확한 풀이법은 아니지만, 그 친구의 방법대로 하면 정말 대부분의 문제가 풀렸다. 그래도 안 되면 틀리면 그만이었다. 어차피 수학은 70점 정도만 받아도 되는 과목이었으니까.

이 책의 설명 방식은 그 친구의 풀이법과 닮아 있다. 이 책에서 이야기하는 SF는 모두 나의 개인적 경험이며 사건이다. 엄밀하고 어려운 논지보다는 누구나 쉽게 이해할 수 있는, 하지만 70퍼센트 정도만 맞는 말인 이야기들이 잔뜩 펼쳐질 것이다. 너무 엄숙하고 복잡하게 생각하지 말자는 뜻이다. SF는 덕질이자 취미일 뿐이니까. 다 즐겁자고 하는 일이니까.

그런 연유로, 이 책에는 SF의 전통적인 계보에 대한 이야기는 하나도 쓰여 있지 않다. 메리 셸리의 『프랑켄슈타인』

이 어떻고, 고전 SF와 펄프 잡지들이 어떠했고, 존 W. 켐벨이나 휴고 건즈백이 왜 위대하며, 하드 SF와 뉴웨이브 SF의 차이가 무엇인지 궁금하다면 시중의 다른 좋은 책들을 구입해 읽어 보시기를 추천드린다.

* SF의 여러 매체를 동시에 다루는 특성상 편의를 돕기 위해 작품명은 아래와 같이 괄호로 구분하여 표기하였다. 『소설 등의 일반 단행본과 정기 간행물』, 「단편 소설」, 《만화와 애니메이션 및 웹툰》, 〈영화와 방송 프로그램〉, 〔컴퓨터 게임 및 보드 게임〕, '시리즈명이나 기타 매체'.

* 리메이크 등 작품의 구분이 필요한 경우에는 연도를 병기하였다.

SF로 직장에서 승승장구하는 법

진부하지만 알파고 이야기로 시작해야겠다.

2016년, 알파고가 바둑으로 인간을 꺾은 후부터 내가 다녔던 직장에도 혁명의 바람이 불기 시작했다. 사람들의 삶이 나아지는 구석이라곤 조금도 찾을 수 없는데 왜 혁명이라 불리는지는 모르겠지만, 아무튼 이 혁명의 이름은 '4차 산업 혁명'이다.

이듬해, 새로운 CEO가 취임하면서 이 흐름은 더욱 가속화되었다. 전략이니 기획이니 듣기 좋은 단어가 잔뜩 들어간 CEO 직속 추진 부서가 생겨났고, 모든 관리자들이 '혁신'이라는 단어를 혀에 꿰맨 것처럼 달고 다녔다. 그래야 살아남으니까. 인공지능이니 IOT니, R이든 파이썬이든 뭐든 아는 체라도 하지 않으면 살아남지 못하는 엄혹한 시절이었다.

그런 혼란의 시기가 오히려 내게는 큰 기회가 되었다. 4차 산업 혁명이라는 거, 새로운 미래라는 거, 20여 년간 SF를 읽어온 내게는 너무나 진부한 이야기투성이였으니까. 이슈가 던져질 때마다 매번 이런 식이었다.

"아, 그거요? 그거는 ㅁㅁ를 △△하는 기술인데요. 〈XX〉 영화에도 나왔잖아요. 대충 이러이러한 거 아닌가요?"

"그럼 이거 경희 씨가 정리해서 원페이퍼로 본부장님께 보고 좀 해 줄래?"

남들이 하루 꼬박 공부해야 만들 보고서를 나는 한 시간이면 써 낼 수 있었다. 물론 기억과 상상으로 써 낸 이야기이니 엄밀하게는 70퍼센트 정도만 맞는 이야기였지만, 당시에는 그런 걸 따질 상황이 아니었다. 새로 취임한 CEO는 성질이 매우 급한 편이어서 정확성보다는 속도가 중요했던 것이다. (그는 새벽 4시에 자다가도 벌떡 일어나 카톡으로 궁금한 걸 물어보는 사탄의 화신과도 같은 존재였다. 신이여, 제발 불로 정화를…)

얼마 지나지 않아 나는 오직 글솜씨와 SF 덕질의 결과로 전략이니 미래니 하는 바로 그 부서로 자리를 옮기게 되었다. 그곳은 각 분야 최고의 전문가들이 모인 독특한 부서였는데, 특히 좋았던 것은 마음껏 독서를 할 수 있다는 점이었다. 책장에는 '4차'니 '미래'니, '머신러닝' 같은 글자가 포함된 제목의 교양서가 가득 꽂혀 있었고, 그 외에도 직원들이 원하는 책은 대부분 구입해 주는 편이었다. 나는 그곳에서 책을 읽고 급여를 받았다. 마치 「다람쥐전자 SF팀의 대리와 팀장」처럼. 꿈 같은 나날이었다. 퇴근은 못 했고, 주말도 없었지만.

그곳에서 내가 주로 맡은 일은 기술 부서에서 올라오는 빼곡한 회의 자료를 읽고 이해하기 쉽게 일반인의 언어로 요약하는 일이었다. 아니, 요약이라기보다는 인용에 가까웠다. 나는 어설프게 기술의 개요를 주워 읽은 다음, 가장 비슷한 소재가 등장한 SF 작품을 떠올려 기술의 도입 효과와 장단점을 정리했다. 인공지능 관련 회의 자료에는 「칼리스토 법정의 역전극」이나 「생성적 적대 신경망에 기반한 인공지능 영일도사」에서 알게 된 지식으로 주석을 달았고, 한창 THAAD가 이슈일 때는「모두를 파괴할 힘」(내가 썼다)의 설정 자료를 베껴 MD 체계에 대한 참고 자료를 만들기도 했다. 그렇게 만들어진 자료는 경영진 회의 참고 자료로 쓰이거나, 홍보 부서를 통해 언론사에 배포되었다.

가끔은 새로운 아이디어를 제안할 기회도 있었다. 내가 발표한 내용은 추후 자율주행차 서비스를 운영하기 위해 택시 면허가 있는 회사를 미리 매입해 두자는 내용이었는데, 아무래도 〈토탈 리콜〉(1990)에 나왔던 무인 택시 장면의 영향이 컸던 것 같다. (당시는 아직 '타다'가 등장하기 전이었다. 후…)

입사한 지 얼마 되지도 않은 말단 사원이 SF 덕질 경험 하나로 '미래 먹거리'니 '신사업'이니 하는 제안서를 CEO 앞에서 발표하기도 하고, 가끔은 경영진 회의에 참석해 발언권을 갖기도 했으니, 이 정도면 꽤 승승장구한 직장 생활 아니겠는가? 와우, SF가 이토록 실용적이다.

물론 업무를 맡은 2년 동안 내 월급은 한 푼도 늘지 않았고, 승진도 전혀 하지 못했다. 에휴, 직장 생활이 다 그렇지. (한숨)

그런데 왜 이런 쓸데없는 자랑이나 늘어놓고 있냐고?

그냥 자기계발서 흉내나 한번 내 보았다. 평소라면 SF를 쳐다도 보지 않을 당신이 혹여나 관심을 가져 줄까 해서. 서점 매대에서 책을 펼쳐 든 당신, 전자책 미리보기를 열어 본 바로 당신 말이다. 호기심이 생겼다면 얼른 구매하시라. 다음 챕터는 'SF로 떼돈 버는 법'이다.

SF로 떼돈 버는 법

거짓말이다. 그런 방법은 없다. (죄송 ㅜㅜㅜ)

그래도 기왕 구입하셨다면 끝까지 즐겁게 읽어 주시길. SF는 정말 재미있으니까. 이 좋은 걸 이제야 알게 된 당신이 정말 부럽다. 그만큼 즐길 거리가 많이 남아 있다는 뜻이니까.

대체 SF가 뭐야?

'장르'가 대체 뭔데?

SF는 장르다. 그러니 우선 장르가 무엇인지 알아야겠다. 대체 장르란 무엇일까? 이 단어만큼 의미가 모호하고, 각자 품고 있는 생각이 달라 끊임없이 다툼과 분쟁을 일으키는 용어도 없는 것 같다. 장르가 무엇인지 딱 잘라 설명하기란 참으로 어렵다. 이 챕터에서는 당신이 장르를 이해하는 데 도움이 될 만한 몇 가지 키워드를 이야기해 보려 한다.

#해시태그

장르가 무엇인가 이야기하기 전에, 일단 한번 거꾸로 생각해 보자. 대체 장르를 왜 나누어야 할까? 순문학과 장르문학, 미스터리와 로맨스, SF와 판타지를 분류하는 작업이 왜 필요할까? 이런 구분은 대체 누구에게 좋은 일이고, 누가 바라는 일일까?

내가 생각하는 결론은 장르란 그저 마케팅의 도구일 뿐이라는 것이다. 하나의 작품이 시장에 나왔을 때, 이 작품을 소개하는 가장 손쉬운 방법은 장르가 무엇인지 알려 주는 것이다. 서점에는 장르별로 책장이 구분되어 있고, 영화도 만화도 게임도 장르별로 카테고리가 나누어진다. 소비자들은 그 카테고리를 좇아 자신이 원하는 취향을 찾아 나선다.

장르는 공급자와 소비자 양쪽이 편리하게 작품을 찾아가기 위한 이정표다.

하지만 이 이정표는 완벽하지 않다.

예를 한번 들어 보자. 로저 젤라즈니의 『체인질링』에서는 기술 문명이 발달한 세계의 아이와 용과 마법이 존재하는 세계의 아이가 서로 뒤바뀌고, 아이들은 각자 과학자와 마법사로 자라나 서로의 운명을 빼앗기 위해 전쟁을 벌인다. 이 작품은 판타지로 분류해야 할까? 아니면 SF로 분류해야 할까? 만약 내가 이 책의 작가이거나(그랬다면 얼마나 행복했을까) 출판사라면 이렇게 할 것이다. 판타지 팬덤에게는 정말 멋진 판타지 작품이 나왔다고 소개하고, SF 팬덤에게는 정말 대단한 SF가 나왔다고 소개하면 된다. 가능하면 서점에도 양쪽 다 꽂아놓고.

이 전략이 야비하게 느껴진다면, 당신은 장르를 일종의 바구니로 인식하는 사람일 것이다. 장르라는 바구니가 있고, 작품이 선별되어 그 안에 담긴다고 생각하는 부류. 하지만 내 생각은 좀 다르다. 실제로는 작품이 장르에 담기는 게 아니라, 장르가 작품에 담긴다. 장르는 바구니가 아니라 '#해시태그'다.

인스타그램에 해시태그를 하나만 붙일 수 있다면 홧병 날 사람들이 얼마나 많을까? #부천데이트와 #먹스타그램 중 하나만 붙일 수 있으니 선택하라고 한다면 얼마나 짜증 날까? 장르도 마찬가지다. 작품의 장르를 한가지로 고정할 이유는 없다.

판타지 설정이 가미된 로맨스 장르를 '로판'이라 부른다. 이 작품들에는 #로맨스와 #판타지가 동시에 붙어 있는 셈

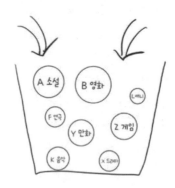

< 장르는 바구니일까? >

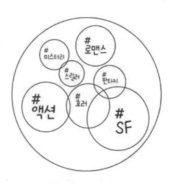

< 장르는 #해시태그일까? >

이다. 그냥 '로판'이라는 별도의 장르 바구니가 있는 거 아니냐고? 그럼 주인공이 조선 시대로 타임슬립해 왕의 무사와 사랑에 빠지고, 이에 분노한 조상님 귀신이 이들을 저주하는 작품은 어쩌지? '로맨스판타지호러무협시간여행SF'라는 이름의 바구니는 본 적이 없는데. "#로맨스인데 #판타지 요소도 조금 있고, #무협이랑 #호러랑 #시간여행SF도 좀 섞였어"라고 말하는 편이 더 편리하지 않을까?

모든 작품은 장르가 조금씩 섞여 있다. 많은 수의 SF에는 미스터리가 등장하고, 과학자나 형사가 이를 추적한다. 대다수의 판타지에서는 로맨스가 싹트고, 대부분의 호러는 환상성을 지니거나 우주적 존재가 등장한다. 오히려 섞이지 않은 작품을 찾는 것이 더 어렵다.

하나의 작품에는 여러 장르가 겹쳐진 채로 존재한다. 그러다 특정 장르의 팬에게 관측되는 순간, 작품의 요소요소들은 그 소비자가 원하는 장르의 규칙에 따라 재배열된다. 똑같은 『은하영웅전설』을 두고 누군가는 SF 전쟁물로 읽고, 누군가는 정치 드라마로 읽는다. 또 누군가는 동성애 로맨스로 읽기도 한다. 독자가 원하는 대로, 독자가 원하는 장르의 규칙을 따라 작품의 해석이 달라지는 것이다.

너무 복잡하다고? 걱정할 필요 없다. 장르의 팬들이란 언제 어디서나 알아서들 자기 장르의 재미 요소를 착즙해 내는 인간들이니까. SF 팬들은 병상에 누운 대기업 회장에게서 사이버펑크를 추출할 수 있다. 조선왕조실록에서 UFO를 찾을 수 있고, 유럽 신화를 읽으며 초능력 히어로를 망상할 수 있다. 부처는 어쩌면 시간 여행자였을지도 모른다.

그 비중이 설령 0.1퍼센트에 불과하더라도, 내 눈에 SF로 보인다면 그건 SF다.

예쁜 포장지

장르에 관한 또 다른 방식의 설명은 장르가 일종의 '포장지'라는 것이다. 게임으로 비유하자면 장르는 캐릭터에게 '스킨'을 입히는 행위와 비슷하다. 캐릭터에게 기계 장치가 달린 코스튬을 입히면 SF가 되고, 마법 모자와 지팡이를 쥐여 주면 판타지가 된다. 체크무늬 코트와 중절모를 쓰면 고전 미스터리가 될 것이고.

이런 맥락에서, 나는 '판타지와 SF는 본질적으로 같다'고 주장하곤 한다. '공상과학'이라는 명칭이 'Fantasy&Science Fiction'의 오역이라는 사실은 꽤 유명한 일화다. 사실 해외에서는 이 두 장르를 구분하지 않는 경우도 많다. 예를 들어 러시아에서는 SF 대신 'научная фантастика'을 쓴다. 우리말로 해석하면 Научная는 과학, фантастика는 공상 또는 환상이라는 뜻이다. 중국에서는 '科幻'을 쓴다. 우리 식으로 읽으면 과환, 역시나 과학환상이다. SF계에서 가장 권위 있는 상으로 꼽히는 휴고 상(Hugo Award)은 사실 판타지 어워드이기도 하다. 대표적으로 2001년 휴고 최우수 장편 상은 J. K. 롤링의 『해리 포터와 불의 잔』이 수상했다.

실제로 많은 수의 작가들이 SF와 판타지를 동시에 쓴다. 한국에서 사랑받는 SF 작가 중 하나인 어슐러 K.르 귄은 세계 3대 판타지로 꼽히는 『어스시의 마법사』와 스페이스 오페라 '헤인 시리즈'를 함께 썼고, 『얼음과 불의 노래』로 유명한 조지 R. R. 마틴도 『나이트 플라이어』를 비롯한 무수한 SF를 썼다. 로저 젤라즈니의 소설들은 판타지인지 SF인지 아예 구분도 되지 않는다. 국내 작가 중에서는 배명훈이 대표적인데, 이 자리에서 고백하자면 나는 그의 SF보다 판타지 단편들을 더 좋아하는 편이다. 특히 「영웅」과 「Charge!」는 정말 좋다.

심지어 나는 모든 SF를 판타지로, 판타지를 SF로 각색할 자신이 있다. 그게 어떻게 가능하냐고? 그럼 지금부터 『반지의 제왕』과 『유랑지구』를 한번 비교해 보자.

『반지의 제왕』

변방의 마을 샤이어에서 평화롭게 지내던 '호빗[1]'들은 마을에서 장난을 치며 평화로운 나날을 보낸다. 그러나 사악한 존재인 '사우론[2]'이 부활하려 하고, 호빗들은 이를 막기 위해 우연히 손에 들어온 '절대반지[3]'를 '영웅[4]'들과 함께 '운명의 산[5]'까지 운반해야 한다. '어두운 모리아 던전[6]'을 통과하던 중 늙은 마법사 '간달프[7]'가 사망한다.

『유랑지구』

지하 마을에서 평화롭게 지내던 '소년과 소녀[1]'는 지상으로 올라와 장난을 치며 알콩달콩 데이트를 한다. 그러나 '목성[2]'이 가까워진 영향으로 지구를 움직이던 엔진이 멈춰 서게 되고, 소년과 소녀는 이를 막기 위해 근처에 있던 '부싯돌[3]'을 '군인[4]'들과 함께 '항저우 엔진[5]'까지 운반해야 한다. 상하이의 '어두운 빌딩 속[6]'을 통과하던 중 소년의 '할아버지[7]'가 사망한다.

물론 뒤로 갈수록 다른 길을 걷게 되지만, 도입부만 놓고 보면 두 이야기는 거의 똑같은 구조를 지니고 있다. 장르가 다르다고 해서 이야기의 근본까지 다른 것은 아니라는 뜻이다. 비슷한 예는 수도 없이 많다. 예를 들어 랜달 개릿의 '다아시 경 시리즈'는 마법이 존재하는 20세기 영국을 배경으로 하는 판타지 소설이지만, 이 이야기에서 주인공 다아시 경이 주로 하는 일은 '셜록 홈즈 시리즈'처럼 살인 사건의 범인을 추리하거나, '007 시리즈'처럼 첩보 작전을 수행하는 것이다. 심지어 이 시리즈에는 「나폴리 특급 살인」이라는 제목의 단편도 있다. 애거서 크리스티의 『오리엔트 특급 살인』의 오마주다. 리들리 스콧의 〈에이리언〉 1편은 먼미래의 우주선이 배경이지만, 이곳에서 선원들이 외계 생명체와 벌이는 사투는 실상 〈텍사스 전기톱 학살〉이나 〈13일의 금요일〉과 크게 차이가 없다. 제임스 카메론의 〈아바타〉는 〈늑대와 춤을〉의 세련된 변형일 뿐이고.

심지어 장르문학과 순문학의 경계도 생각보다 뚜렷하지않다. 엄마를 잃고 그녀에 대해 더 자세히 이해하게 되는이야기인 「관내분실」의 줄거리가 문단문학의 이야기 구조와 큰 차이가 있을까? 텔레파시 능력을 서서히 잃어가는 초능력자의 불행한 성장담을 다룬다는 점에서 『원더보이』와『다잉 인사이드』는 얼마나 다를까? 『살인자의 기억법』이미스터리가 아니라고, 『고래』가 판타지가 아니라고 단언할수 있나?

이야기가 지니는 본연의 구조는 생각보다 단순하다. 시중에 판매되고 있는 많은 작법서에서는 서사의 뼈대인 플롯을고작해야 스무 가지 정도로 구분하고 있으며, 심할 경우 두가지로 구분하기도 한다. 이야기는 결국 상승하거나, 하강한다. 여기에 어떤 포장지를 씌우느냐에 따라 장르는 판이하게 달라진다. 게다가 이 포장지는 여러 겹을 동시에 겹쳐사용할 수도 있다.

이곳이 아닌 어딘가, 지금이 아닌 언젠가

나는 이승기나 이병헌이 첩보 작전을 펼치는 드라마 속장면들을 볼 때면 이상하게 웃긴다. 내가 사는 세상, 익숙한 한국인이 등장하는 공간은 왠지 첩보라는 행위가 어울리지 않는 것처럼 느껴지는 것이다. 가끔은 첩보라는 것이 미국이나 러시아, 영국인들만 하는 짓이라거나, 베를린에서만 일어나는 일이 아닌가 싶기도 하다.

첩보뿐만 아니라, 나는 현재를 배경으로 하는 일상 드라마를 잘 보지 못한다. 작품 속에 등장하는 인물들의 말투나 행동들이 현실의 서울에서 도저히 찾아볼 수 없을 것만 같은 느낌이 들어서다. '현실에서 사람들이 저렇게 말한다고? 저렇게 행동하는 사람들이 현실에 진짜 있어?' 따위의 생각을 끊임없이 하게 되고, 그러는 사이 핍진성이 무너져 몰입이 깨지고 만다.

반면, 우리 여보님은 정반대 입장을 가지고 있다. 도통 SF를 받아들이지 못한다. 현실과 한참 동떨어진 세상은 너무 복잡하고 막연하다는 것이다. 그러면서도 여보님은 〈그것이 알고 싶다〉나 〈세상에 이런 일이〉 같은 탐사 프로그램을 애정한다. 내 눈에는 거기 등장하는 사람들의 행동들이 우주의 정복자들만큼이나 멀게만 느껴지는데, 여보님에겐 그렇지 않은 모양이다. 적어도 그들은 우리와 같은 현실 속에 존재하기 때문에, 먼 미래나 외계 행성을 배경으로 하는 이야기들보다는 쉽게 몰입할 수 있다는 것이다.

지금 내가 사는 세상과 연결되어야만 안심하는 사람이 있는가 하면, 한편으로는 여기가 아닌 다른 곳으로 떠나야만 성이 차는 사람들도 있다. 말이 통하고 익숙한 국내 여행이 좋다는 사람과 도무지 헬조선을 참을 수 없어 해외로 떠나야만 하는 사람이 있는 것처럼.

'지금, 여기'가 아닌 새로운 세상으로 떠나고자 하는 사람들. 그들이 바로 장르의 소비자들이다. 장르는 크게든 작게든 이곳과는 다른 세계를 제시한다. 설령 현대의 서울을 배경으로 하더라도, 로맨스 세계 속의 인물들과 미스터리 세계 속의 인물들은 생각부터 행동까지 현실과는 전혀 다른 법칙을 따른다. 그곳은 뺨을 맞으면 사랑에 빠지고, 눈이 오면 산장에서 살인이 일어나는 세계인 것이다. 어쩌면 귀신이 존재하는 세계일 수도 있고, 그보다 멀리 나아간다면 아예 미래나 우주, 이세계로 떠날 수도 있다.

장르 속 세계를 받아들이는 일은 지구 반대편에 존재하는 이국의 문화를 체험하는 것만큼이나 즐거운 경험이다. 장르는 마치 여행처럼 우리를 현실이 아닌 또 다른 세계로 데려다준다. 그것도 가장 순수하고 강렬한 수준으로.

당신은 그저 취향에 맞는 여행지를 고르면 된다. 검과 마법을 좋아하는 사람이라면 톨킨의 곁으로 향할 테고, 광선검과 우주선을 좋아한다면 스페이스 오페라가 딱이다. 피에 젖은 시체와 탐정을 좋아한다면 미스터리의 세계를 고를 테고, 우주적 공포를 느끼고 싶다면 크툴루의 부름을 따라 르뤼에로 떠나면 된다.

얼마나 멀리, 어디를 향해 나아갈지는 당신의 몫이다. 물론 나는 SF의 세계로 향하시기를 추천드린다. 내가 무척이나 사랑하는 이 장르를, 이 세계를, 당신도 함께 사랑해 줬으면 해서다.

장르를 장르이게 하는 것, 규칙

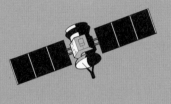

각각의 장르가 #해시태그라면, 포장지라면, 또 다른 세계라면, 왜 어떤 것은 SF라 불리고 어떤 것은 판타지라 불릴까? 왜 광선총은 SF이고 마법 지팡이는 판타지일까? 그것은 바로 장르의 '규칙' 때문이다. 혹은 '관습'이나 '코드'라고 말해도 좋겠다.

규칙이 뭐야?

'장르 규칙'은 장르 소비자와 창작자들이 암묵적으로 동의하는, 장르 내에서 반복되는 요소들의 총칭이다.

당신이 알고 있는 추리소설을 아무거나 하나 떠올려 보자. 추리소설 도입부에서는 반드시 살인이 일어난다. 어딘가 좀 괴짜 같은 탐정이 등장하고, 경찰은 언제나 무능하다. 범인은 꼭 복잡한 방법으로 밀실을 만들어 사람을 죽이고, 노력이 무색하게 탐정에게 트릭을 간파당한다. 게다가 탐정이란 작자들은 어찌나 과시욕이 많은지 반드시 사람들이 잔뜩 모인 곳에서 추리 결과를 공개한다. 그들은 모두 고인의 친구이거나 가족일 텐데, 쯧, 꼭 면전에서 자랑을 해야만 성에 차는 건지.

아침 드라마에는 반드시 재벌이 등장한다. 재벌인 주인공의 집은 이층집이고, 가난한 주인공의 집은 마당이 있는 구옥이다. 두 사람은 말도 안 되는 이유로 사랑에 빠지고, 반드시 결혼을 해야 한다. 물론 재벌의 일가친척까지 모두가 한마음으로 이 결혼을 막으려 든다. 그룹 경영은 뒷전이고, 주인공은 직장에서 일하는 법이 없다. 왜냐면 아침 드라마의 세계에서 가장 중요한 일은 결혼이기 때문이다.

어찌 보면 뻔한 이 패턴들이 바로 장르의 규칙이다. 곰곰이 생각하면 어딘가 이상하지만, 누구도 이에 대해 진지하게 지적하지 않는다. 왜냐면 장르의 세계는 원래 그런 곳이니까. 그곳은 현실이 아니니까. 작가와 독자/시청자는 이에 대해 지적하지 않기로 이미 암묵적인 합의를 마친 상태다.

이렇게만 설명하면 클리셰와 헷갈릴 수도 있겠다. 물론 클리셰도 규칙의 일종이다. 그러나 규칙은 클리셰보다 더 큰 개념이다. 미스터리에서 '탐정'이 등장하는 것 자체는 클리셰가 아니다. 탐정이 등장하지 않으면 추리를 할 사람이 없으니까. 판타지에서 '용'과 '마법'이 등장하는 것도 마찬가지다. SF의 경우엔 '우주선'이나 '광선검' 같은 소재와 함께 '외계 행성'과 같은 배경 설정도 규칙에 포함된다.

반복되어 굳어진 패턴이라면 무엇이든 규칙에 포함될 수 있다. 인물, 배경, 사건, 소재, 아이디어 등 모든 요소가 어우러져 장르의 규칙을 형성한다. 그리고 작가는 규칙을 활용해 장르 이야기를 만들어 낸다. 규칙을 따르거나, 혹은 비틀거나. 어떤 방식이든 상관없다. 규칙을 활용하기만 한다면.

규칙은 장르에 참여한 모두가 오랜 세월 동안 함께 쌓아온 공공재이며, 누구에게나 활짝 열려 있다. 다만, 도둑질은 안 된다. SF의 규칙을 빌려다 사용했다면, 그 작품은 반드시 SF라고 소개되어야 한다. 시립 도서관에 꽂힌 책을 가져다 국회 도서관에 꽂을 수는 없는 법이니까. 하지만 슬프게도 세상에는 뻔뻔한 사람들이 너무나 많고, 장르 규칙이 '관내분실'되는 일은 수시로 일어난다.

규칙은 지금보다 훨씬 소중하게 다루어질 필요가 있다. 장르를 장르이게 하는 것은 결국 규칙이기 때문이다.

규칙은 왜 필요할까?

그렇다면 작가들은 왜 규칙을 이용할까? 또, 독자/시청자들은 왜 규칙을 사랑할까? 첫 번째 이유는 효율적이기 때문이다. 만약 규칙이 없다면 우리는 아래와 같은 지루한 문장을 읽어야만 할 것이다.

내 눈앞에 나타난 것은, 금빛으로 빛나는 머리카락과 뾰족하게 솟은 귀를 가진 숲의 종족이었다. 풀잎처럼 가느다란 체구와 깃털처럼 가벼운 몸짓. 매끈한 피부에선 빛이 나는 듯했다. 그들은 일만 년 넘는 세월을 하루처럼 살며 호흡처럼 마력을 부리고, 영원한 젊음을 뽐내듯 오만한 표정을 짓는 자들이었다. 그들 종족의 이름은….

하지만 우리는 딱 한 문장으로 이 모든 설명을 압축할 수 있다.

내 눈앞에 나타난 것은 **엘프**였다.

'엘프'라는 판타지 규칙 덕분에 우리는 엄청난 분량이 필요한 설명을 딱 한 단어만으로 해결할 수 있다. 만약 이야기의 모든 세부 사항을 새롭게 구성한다면 판타지 소설 한 편에 얼마나 많은 분량이 필요할까. 공유된 규칙의 적절한 활용은 이야기에 속도감을 부여해 독자/시청자가 곧장 인물과 사건에 몰입할 수 있도록 돕는다.

창작자가 규칙을 활용하는 것은 독자/시청자에 대한 배려이기도 하다. 하나부터 열까지 이질적인 세계는 오히려 피로감을 불러올 수 있다. 습득해야 할 정보량이 지나치게 많아져 장르에 익숙한 독자마저 입문자와 같은 위치로 떨어뜨려 버리기 때문이다. 『반지의 제왕』이 『실마릴리온』이라는 거대한 부록을 필요로 했다는 사실을 잊지 말자. 굳이 '엘프'를 두고 새롭게 '깐프'를 창조할 필요는 없다.

규칙이 사랑받는 또 다른 이유는 재미있기 때문이다. 오랜 세월 동안 꾸준히 활용되며 살아남은 요소들만이 그 장르의 규칙으로 인정받을 수 있다. 다시 말해 장르 규칙은 일종의 흥행 공식인 셈이다. 매년 초능력, 좀비, 시간 여행 이야기가 쏟아지는 이유는 그것들을 좋아하는 사람이 많기 때문이다. 규칙은 이야기를 매력적이고 흥미롭게 만드는 원천이자 기본 원리다.

따라서 창작자는 이야기의 핵심 영역에서 독자적인 세계를 구축하되, 중요하지 않은 부분들은 적절히 규칙을 차용해야 한다. 지나치게 규칙만을 좇으면 이야기가 진부해지고, 규칙을 너무 많이 배반하면 장르가 아니게 되어 버리기 때문에, 이 사이의 절묘한 조절이 관건이다. 장르의 팬들은 창작자가 규칙에 익숙한 사람인지, 무지한 사람인지, 혹은 무시하고 있는지 금세 알아차린다. 규칙을 모르고 장르를 창작하는 것은 불가능에 가깝다.

규칙은 변화한다

물론 지나치게 같은 패턴이 반복되면 독자/시청자들도 싫증을 느낀다. 규칙은 점점 낡게 되고, 이윽고 버림받아 탈락된다. 그 대신 더 참신하고 자극적인 설정이 등장해 새로운 규칙으로 자리 잡는다. 탐정은 그냥 괴짜가 아니라 슈퍼 괴짜가 되었고, 살인을 다루지 않는 '코지 미스터리' 장르도 생겨났다. 최근에는 지나치게 억지스런 살인 트릭도 지양하는 분위기다. 순진하게 당하기만 했던 아침 드라마의 여주인공은 이제 시어머니에게 강하게 대들고, 조금씩 자신의 삶과 직장도 챙기기 시작했다. 시간의 흐름에 따라 규칙이 바뀐 것이다.

심지어 규칙을 비트는 것이 규칙으로 자리 잡기도 한다. 초창기 SF에서는 반드시 과학자나 기술자가 등장해 그들이 처한 상황을 장황하게 설명하곤 했다. "오, 중령님. 지금 보고 계신 실험은 강입자와 중입자가 블라블라…." 비현실적인 설명을 곁들인 대사에 독자들이 싫증을 느끼기 시작하자, 이번엔 새로운 장면이 추가되기 시작했다. 과학에 문외한인 중령이 이렇게 외치며 과학자의 입을 닫아 버리는 것이다. "박사, 제발 영어로 말해요(Speak English)!" 이제는 이런 장면도 진부해져 규칙에서 탈락하기 직전인 것 같다.

이처럼 장르의 규칙은 이종교배와 자기부정을 통해 끊임없이 새로운 형태로 변모한다. 어떤 규칙은 탈락하고, 어떤 규칙은 개량되며, 어떤 규칙은 새로 편입되면서. 그렇게 장르는 오늘도 더 나은 방향으로 서서히 진화하고 있다.

그래서, 대체 SF가 뭐야?

장르 규칙은 끊임없이 변화하며, 살아 꿈틀대는 규칙들의 총합이 바로 장르다. 장르는 참여자들의 느슨한 교류와 합의에 의해 매 순간 새로운 의미로 변모한다. 그래서 장르는 결코 한두 마디 문장으로 정의할 수 없다.

그럼 이제 어떤 결론이 나올지도 알겠지?

SF가 무엇이라고 딱 잘라 정의하는 것은 불가능하다. SF의 규칙 또한 사람들 사이의 느슨한 관습이자 규약이기 때문이다. 사람들이 흔히 SF라고 부르는 것, SF에 포함된다고 생각하는 요소들이 한데 모여 SF라는 장르의 규칙을 형성할 뿐이다.

뒤에서 다시 설명할 테지만, SF의 규칙은 생각 외로 느슨해서, 광선총이나 외계인처럼 대충 과학적으로 보이기만 해도 OK고, 용불용설이나 연금술 같은 엉터리 과학도 허용된다. 심지어 전혀 과학적이지 않은 초능력이나 좀비도 SF에 포함될 수 있다. SF를 단순히 '과학을 소재로 한 픽션'이라고 정의내릴 수 없는 이유다. 작품을 통해 다양한 규칙을 경험하는 것만이 SF라는 장르를 이해할 유일한 방법이다.

그냥 쉽게 생각하자. 마음 편히 SF 이야기를 하나둘 접하다 보면, 어느새 당신은 자연스럽게 SF가 무엇인지 알게 될 것이다. 당신이 SF를 읽고/보고/플레이하며 '아, 대충 이런 거구나' 하고 떠올리는 그 느낌이 바로 SF다. 데이먼 나이트[1]의 말처럼 "내가 SF라고 부르는 것이 곧 SF"인 것이다. 당신이 SF를 '사이언스 픽션'이라고 생각하건, '사변 소설(Speculative Fiction)'이라고 생각하건, 누군가는 끔찍이 싫어할 단어인 '공상과학'이라고 생각하건 상관없다. 그게 바로 당신의 기준이니까. 각자가 생각하는 SF의 기준이 공명하고 충돌하며 형성되는 모호한 경계, 그것이 바로 오늘의 SF일 것이다.

---

1 Damon Francis Knight, SF 작가이자 비평가, 미국 SF작가협회(SFWA)의 초대 회장을 역임했다.

한국인은 사실 SF를 좋아해

사실 한국인은 SF를 아주 좋아한다. 영진위 집계 기준 관람객 천만 명을 돌파한 스물일곱 편의 영화 중 여덟 편이 SF 영화이며, 이중 현대 재난물인 〈해운대〉와 히어로물인 '어벤져스 시리즈[2]'를 제외하더라도 네 편[3]이나 포함되어 7분의 1 정도의 비중을 차지하고 있다.

역대 박스오피스 100위까지 범위를 확대하더라도 이 경향은 유지된다. 100편의 작품 중 SF 영화는 스물한 편으로, 히어로 영화 열 편[4]을 제외해도 열한 편[5]이나 된다. 2019년 박스오피스 50위에도 히어로 영화 네 편[6]을 포함해 총 아홉 편[7]의 SF 영화가 포함되어 있다. 굳이 숫자를 확인하지 않더라도 각종 영화 커뮤니티나 평론가들 사이에서 〈터미네이터〉, 〈에이리언〉, 〈매트릭스〉, 〈매드맥스〉, 〈괴물〉 등 명작 SF 영화들을 칭송하는 사람들은 손쉽게 발견된다.

게임 시장에서도 SF는 인기 있는 장르다. 이제는 한국인들의 민속놀이가 되어 버린 [스타크래프트]부터가 SF이고, 같은 회사의 최신작인 [오버워치] 또한 SF다. 수년째 굳건히 왕좌를 지키고 있는 [리그 오브 레전드]의 일부 캐릭터

---

2 〈에이지 오브 울트론〉, 〈인피니티 워〉, 〈엔드 게임〉

3 〈인터스텔라〉, 〈아바타〉, 〈괴물〉, 〈부산행〉

4 〈어벤져스〉, 〈아이언맨 3〉, 〈캡틴 아메리카: 시빌 워〉, 〈스파이더맨: 홈커밍〉, 〈스파이더맨: 파 프롬 홈〉, 〈캡틴 마블〉, 〈앤트맨과 와스프〉, 〈닥터 스트레인지〉, 〈블랙 팬서〉, 〈다크나이트 라이즈〉

5 〈설국열차〉, 〈백두산〉, 〈트랜스포머 1, 3, 4〉, 〈늑대소년〉, 〈인셉션〉, 〈쥬라기 월드 1, 2〉, 〈2012〉, 〈월드워 Z〉

6 〈엔드 게임〉, 〈스파이더맨: 파 프롬 홈〉, 〈캡틴 마블〉, 〈아쿠아맨〉

7 이 외에는 〈터미네이터: 다크 페이트〉, 〈알리타: 배틀 엔젤〉, 〈주먹왕 랄프 2〉, 〈어스〉, 〈쥬만지: 넥스트 레벨〉

들도 SF적인 설정을 차용하고 있다.

온라인 게임뿐만 아니라 콘솔 게임 시장에서도 마찬가지다. 〔아우터 월드〕나 〔콘트롤〕, 〔스타워즈: 오더의 몰락〕 등의 작품이 최근 좋은 평가를 받았고, 팬들에게는 애증의 작품인 〔앤섬〕도 어쨌거나 크게 이슈가 되긴 했다. 2019년 최다 GOTY(Game Of The Year) 수상작인 〔데스 스트랜딩〕도 SF였다. 제목부터가 SF인 〔사이버펑크 2077〕이 2020년 최고의 기대작이라는 평에도 대부분 이견이 없으리라 생각한다.

웹툰과 웹소설도 마찬가지다. 2020년 7월 기준 네이버와 다음에서 《꿈의 기업》, 《신도림》, 《나이트런》, 《먹이》, 《내추럴 리드미칼》, 《트레이스》 등 다수의 웹툰이 인기리에 연재 중이며, SF 어워드에서는 SF 웹소설이 너무 많아 심사가 어렵다는 평도 있었다. '기동전사 건담 시리즈'를 비롯한 로봇 애니메이션의 인기도 여전하다. 2017년에는 반다이가 출하하는 건담 프라모델의 30퍼센트가 한국에서 소비된다는 기사[8]도 발표된 바 있다.

OTT 서비스도 빼놓을 수 없다. 2019년 넷플릭스 국내 시청률 TOP 10 중 1위가 〈킹덤〉, 9위가 〈기묘한 이야기〉로 SF가 두 작품이나 포함되어 있으며, 이외에 〈얼터드 카본〉, 〈옥자〉 등의 작품도 이슈 몰이를 하며 꽤 인기를 끌었다. 그보다 한참 과거에는 〈로스트〉나 〈배틀스타 갤럭티카〉, 〈파이어 플라이〉 같은 작품들이 미드 열풍을 타고 선풍적인 인기를 끌었던 것을 기억하는 분들도 많을 것이다.

---

8 『IT 조선』 2017년 8월 22일자, "한, 반다이 건담 30퍼센트 소비… 인기 좋은 건담 톱 5는?"

상황이 이런데도 언론에서는 여전히 SF가 위기다. 한국은 SF의 불모지다 운운하는 이야기가 주기적으로 튀어나온다. 이런 기사들의 특이한 공통점은 SF를 'SF 문학'으로 한정하고 있다는 점인데, 이런 인식 또한 나는 동의하기 어렵다. 솔직히 다른 장르라고 해서 딱히 더 많이 팔리고 있는 것 같지는 않기 때문이다. 문학계는 어디나 비슷비슷하게 위기다. 게다가 우리에겐 한국이 낳고 한국이 키운 위대한 SF 작가 '베르나르 베르베르'가 있다. 동네 사람들! 여기 500만 부를 팔아 치운 SF 작가가 있어요!

우리 주변의 수많은 사람들이 이미 SF를 즐기고 있다. 하지만 그들은 자신들이 좋아하는 작품이 SF라는 사실을 모른다. 충분히 익숙하고, 부담 없이 즐기고 있는 장르임에도 'SF'라는 단어만 들으면 왠지 모를 선입견과 거부감을 느끼고 마는 것이다. 'SF'라는 단어는 현실의 SF 작품들과 어긋난 채 단절되어 있다.

여기에는 SF 창작자들의 책임도 어느 정도 있다고 생각한다. 1990년대 이후로 판타지와 스릴러가 장르의 주류로자리 잡은 이유는 창작자들이 매체 사이의 장벽을 낮췄기 때문이었다. 판타지는 언제나 10대들에게 친숙한 게임의 문법(검과 마법, 레벨과 클래스, 10서클 마법 체계, 스테이터스 시스템 등)을 흡수해 왔다. 때문에 판타지 소비자들은 게임을 즐기건, 영화를 보건, 소설을 읽건 아무런 장벽 없이 매체를 넘나들 수있었다. 스릴러도 마찬가지다. 이 장르의 소설들이 활발하게 영상화되는 데에는 그만한 이유가 있다.

반면 국내의 SF는 이런 연결고리가 조금 끊어져 있다고생각한다. 게임과 영화, 만화와 문학의 코드가 단절되어 있는 것이다. SF 영화의 분위기와 SF 문학의 분위기가 너무 다르다 보니 가끔 나는 이 둘이 전혀 다른 장르인 것처럼 느껴지기도 한다. 〔스타크래프트〕와 〈매트릭스〉를 좋아하는 사람이 「관내분실」에서 똑같이 흥미를 느낄 수 있을까? 물론 둘 다 좋아하는 사람도 있겠지만, 그렇지 않은 사람이 더 많지 않을까? 작품과 작품 사이의 간극이 지나치게 넓어 마치 별과 별 사이처럼 외롭고 멀게만 느껴진다. 그래서 SF 는 하나의 통일된 장르처럼 느껴지지 않는다.

SF라는 장르의 스펙트럼이 워낙 방대하기 때문이라고 반박할지도 모르겠다. 하지만 반대로 생각하면 장르를 관통하는 주류 코드가 소실되어 있다고도 말할 수 있을 것이다. 장르 내부에서 팬들을 순환시켜 줄 혈관이 끊어져 있는 셈이랄까.

최근에는 매체 간 연결고리를 복원하는 작업이 조금씩 시도되고 있는 것 같다. 김보영의 『7인의 집행관』이나 문목하의 『돌이킬 수 있는』 같은 장편 소설들은 명백히 1990년대 순정만화의 코드를 계승한 작품으로, 이 계보에서 가장 첨단을 달리는 웹툰인 민송아의 《나노리스트》와 감성적으로 연결되어 있다. 정명섭, 임태운, 천선란 등의 작가는 좀비 장르를 도구로 매체의 벽을 허물고 있다. 특히 임태운은 SF 계에서 매체 간 장벽을 가장 잘 넘나드는 작가 중 한 명이라고 생각한다.

나 역시 비슷한 의도로 『테세우스의 배』를 썼다. 기계 신체를 업그레이드하는 과정은 게임의 코드를, 철학적 메시지는 《공각기동대》와 같은 애니메이션의 코드를 따왔다. 또 전체적인 이야기는 할리우드 영화처럼 읽힐 수 있도록 구성했다. 내 작업이 일종의 징검다리가 되어 서로 다른 매체의 팬들이 자유롭게 넘나들기를 바랐기 때문이다.

결국은 지금보다 더 많은 창작자들과 다양한 작품들이 등장해야만 이 빈틈이 메워질 수 있을 것이다. 언젠가 『오류가 발생했습니다』에서 「관내분실」에 이르는 방대한 스펙트럼이 빼곡히 채워지고, 장르 소비자들이 자신의 취향에 맞는 작품들을 따라 오작교처럼 은하수를 건너며 SF의 우주를 자유로이 히치하이킹할 수 있게 되기를, 나는 희망한다.

사람들은 SF를 좋아한다. 다만 그게 SF라는 사실을 모를 뿐이다. 하긴, 어떻게 이 사랑스러운 장르를 사랑하지 않을 수 있을까. 우리 곁엔 언제나 엄청난 규모의 SF 팬덤이 존재해 왔다. 다만 각자의 방에 앉아 서로의 존재를 확인하지 못했을 뿐이다. 이 작품과 저 작품이 실은 같은 장르이며, 같은 즐거움을 공유하고 있다는 사실을 전해 듣지 못했을 뿐이다.

[매스 이펙트]와 [폴아웃 3]를 플레이한 게이머들, [스타크래프트]와 [오버워치]에 중독된 승부사들, [워해머 40k] 설정을 파는 덕후들, 여기저기 산재한 후비안[9]과 트레키[10]들, 좋건 싫건 〈스타워즈〉를 기다리며 매번 극장을 찾는 사람들, 〈터미네이터〉와 〈에이리언〉을 칭송하는 시네필들, 아시모프와 하인라인을 좋아하는 고전 팬들, 듄나를 따르는 토끼 떼들, 오매불망 배명훈과 김보영의 신작을 기다리는 사람들, 매달 웹진 '거울'에 들러 곽재식의 단편을 챙겨 읽

---

9 영국의 SF TV 시리즈 《닥터 후》의 팬들을 말한다.
10 미국의 SF TV 시리즈 《스타트렉》의 팬들을 말한다.

는 구독자들, 문목하와 김초엽을 따라 이제 막 순례길에 오른 새로운 독자들, MCU를 챙겨 보는 마니아들과 건프라를 조립하는 수십만 모델러들, 〈블랙미러〉와 〈킹덤〉의 다음 시즌을 기다리는 애청자들, 『어둠의 왼손』과 『시녀 이야기』를 읽는 독자들까지.

나는 이들 모두가 SF라는 단어로 이어지기를 간절히 소망한다.

SF, 어렵지 않다. 과학이 아니니까

※ [경고] 지금부터 SF에 뿌리내린 가장 거대한 신화가 해체될 것이다. 마음의 준비를 단단히 하시라. SF가 과학을 다루는 이야기라는 잘못된 믿음은 이제 곧 산산이 파괴될 예정이니.

과학 소설? 과학엔 관심 없는데

주변에 SF 작품을 추천할 때면 나는 대개 이런 대답을 듣곤 한다.

"SF? 과학은 잘 모르는데?"

"나 문과 나왔어."

"그거 과학 지식 있어야 되는 거 아냐?"

"SF는 왠지 어려울 것 같아." 등등….

사람들이 SF에 대해 갖는 가장 전형적인 오해는 SF가 과학을 주제로 하는 장르라는 것이다. 이런 오해 때문에, 과학에 익숙지 않은 사람들은 SF를 읽을 수도, 읽을 필요도 없을 거라고 시작하기도 전에 굳게 믿어 버린다. '과학소설'이라는 명칭 때문에 이런 선입견은 더욱 강화된다.

이제 걱정은 접어 두어도 된다. 왜냐하면 SF는 과학을 다루는 장르가 아니기 때문이다. 물론 이 장르의 오랜 팬들은 인정하지 않겠지만.

실상 거의 대부분의 SF는 과학을 주제로 삼지 않는다. SF는 과학을 설명하기 위한 도구가 아니며, 새로운 과학 이론을 검증하기 위한 사고 실험은 더더욱 아니다. 믿기지 않는다면 당장 아무 작품이나 집어 들고 확인해 보시라. 오히려 과학에 대해 이야기하는 작품을 찾기가 더 어려울 테니까.

물론 이에 대해 반박하는 사람들도 존재한다. 많은 수의 SF가 인공지능, 로봇, 유전자 치료와 같은 미래의 신기술을 상상하고, 그에 따른 영향과 사회 변화를 이야기하고 있다는 것이다. 하지만 그런 작품들 또한 어디까지나 바뀌어 가는 우리의 삶에 대해 이야기하는 것이지, 신기술의 세부적인 원리나 과학적인 근거에 대해 이야기하는 것은 아니다. 이야기의 중심에는 언제나 인간이 있다. 과학이 아니라.

그래도 뭔가 과학적인 이야기 아니야?

'스페이스 오페라'의 대표작인 〈스타워즈〉는 광활한 은하계를 지배하는 제국과 그에 맞서는 저항군의 이야기를 그린다. 영화 속에서 우주선은 광속을 뛰어넘어 손쉽게 별과 별사이를 오가지만 어떻게 그게 가능한지에 대해서는 '초공간(Hyper Space)'을 통과한다는 것 외엔 딱히 제대로 된 설명이 없다. 영화의 상징이라 말할 수 있는 광선검이 어떻게 서로 '부딪칠' 수 있는지에 대해서도 과학자들은 40년째 답을 내놓지 못하고 있다. 게다가 〈스타워즈〉의 세계에서 우주를 지배하기 위해 가장 중요한 것은 수백 척의 함선도, 수십만 군대도 아닌 '포스'라는 초능력이다. 이 신비한 초능력 앞에서는 행성을 통째로 폭발시키는 무기인 '데스스타'조차 장난감에 불과하다.

과학적인가?

좀 더 점잖아 보이는 〈스타트렉〉은 다를까? 이 TV 시리즈에 등장하는 무수한 과학 장치들은 하나같이 원리가 모호하다. 인간을 에너지로 바꾸어 전송하는 '트랜스포터'가 어떻게 작동 가능한지, '페이저 광선'은 대체 무슨 광선이며 그 재료인 '나디온 입자'는 무엇인지, 초광속 비행 장치 '워프 코어'의 연료인 반물질은 어떻게 채집되는 것인지, 이 우주의 외계인은 어째서 하나같이 인간을 닮았는지, 외계종족 벌칸과 인간은 어떻게 생식이 가능한지 등 도무지 과학적으로 입증할 수도, 이해할 수도 없는 것들투성이다.

'스팀펑크' 같은 서브 장르로 넘어가면 더 괴상해진다. 이 장르에서는 증기 기관이 고도로 발달한 세계를 그린다. [바이오쇼크: 인피니트]는 1912년을 배경으로 하고 있음에도 이 작품 속 사람들은 21세기를 훌쩍 앞서는 월등한 기술력을 자랑한다. 그것도 증기 기관만으로. 켄 리우의 「즐거운 사냥을 하길」 같은 작품에서는 여우 요괴가 등장해 온몸을 증기 기관 로봇으로 바꾸기까지 한다.

근미래 배경의 SF들도 별반 차이는 없다. 김초엽의 「관내분실」에는 인간의 정신을 업로드하는 '마인드 도서관'이 등장하지만, 이 기술의 구체적인 구현 방법은 작품 내에서 설명되지 않는다. 시로 마사무네의 《공각기동대》 속 기계 신체가 어떻게 작동하는지, 엘리자베스 문의 『어둠의 속도』에 등장하는 자폐 치료법이 실제로 가능한지 나는 하나도 알지 못한다. 작품 내에서 과학적인 근거가 상세히 설명되지 않기 때문이다. 심지어 내가 직접 쓴 장편 소설 『테세우스의 배』에 등장하는 과학 기술조차 나는 정확한 원리를 모른다.

SF에는 엄밀한 과학적 근거를 제시하는 작품보다 그렇지 않은 작품이 훨씬 많다. 과학 기술을 몰라도 줄거리를 이해하는 데 아무런 문제가 없다는 뜻이다. 짧은 분량 내에서 과학 이론을 설명하는 일은 어차피 불가능하고, 무엇보다 재미가 없다. SF의 소비자들 또한 그런 복잡한 설명을 원치 않는다.

물론 이와 같은 반박도 가능하다. 현실의 설명 가능한 과학만이 SF의 대상이 아니며, 미래에 실현될지도 모르는 과학에 대한 상상 또한 SF의 범주에 포함된다고. 따라서 초광속 우주선도, 정체불명의 신기술도 과학으로 볼 수 있다는 것이다.

아예 과학적인 소재를 다루지 않는 경우도

그럼 '초능력'은 어떨까? 듀나의 『아직은 신이 아니야』와 『민트의 세계』에는 '배터리'라는 존재를 중심으로 한 초능력자들이 등장한다. 이들은 염력을 부리기도 하고 정신감응 능력으로 타인을 지배하기도 하지만, 어떠한 과학적인 방법으로도 이 능력은 측정되지 않는다. 이 분야의 고전인 올라프 스태플든의 『이상한 존』에서는 초능력자들이 '그냥' 태어난다. 어디에도 과학이 끼어들 여지는 없다.

'좀비' 이야기들도 마찬가지다. 도대체 좀비는 어디에서 에너지를 얻는가? 왜 먹지 않고도 영원히 작동하는가? 바이러스로 감염된다는 점 외에 이 작품들이 과학과 연관된 점이 하나라도 있는가? '코스믹 호러'에 등장하는 먼 우주의 끔찍한 존재들은 우주에 살고 있다는 점 외에 과학과 무슨 상관이 있는가?

이런 이슈에서 가장 논란이 될 만한 작가는 아무래도 테드 창일 것이다. 그의 SF 중 일부는 가짜 과학을 다루거나(「일흔두 글자」), 심지어 판타지이다(「바빌론의 탑」, 「지옥은 신의 부재」). 하지만 이런 지적을 받으면 테드 창의 팬들은 이렇게 반박한다.

"소재가 중요한 게 아니야! 철두철미한 논리와 이성으로 탐구하는 과학자적인 자세! 엄밀성! 그게 바로 SF의 본질이라고!"

소재로서의 과학뿐 아니라 방법론으로서의 과학, 태도로서의 과학을 다루는 이야기 또한 SF에 포함된다는 주장이다.

그런가? 왠지 그런 것도 같다. 배명훈의 「엄마의 설명력」은 천동설의 세계를 살아가는 사람들의 이야기다. 이 이야기 속 세상에는 천구가 존재하고 지구가 우주의 중심이지만, 지동설주의자들의 음모로 인해 사람들은 잘못된 이론인 지동설을 믿고 있다. 주인공의 엄마는 천동설이 옳다는 것을 이성적이고 논리적인 탐구를 통해 증명하고, 끝내 실험으로 실증해 보인다. 과학적으로 틀린 이야기를 과학적 방법론을 통해 풀어가는 대표적인 작품이다. 김초엽의 「공생가설」도 인간의 뇌 속에 공생하는 가상의 외계 생명체를 가정하고, 이성적인 과학자들이 실험을 통해 이를 입증해 가는 과정을 다룬다. 이산화의 「증명된 사실」에서는 과학적 방법론으로 귀신의 존재를 탐구하는 과학자들이 등장한다. 분명 이런 종류의 SF들이 존재한다.

정말 그런가? 다시 곰곰이 생각해 보자.

그렇게 따지면 이영도의 「골렘」이나 「키메라」도 SF여야 할 것 같다. 이 단편 시리즈는 『드래곤 라자』의 전설적인 마법사 핸드레이크와 솔로처가 실험실에서 티격대는 일화들을 다루는데, 단지 소재가 마법이라는 것에 차이가 있을 뿐 이성적인 과학자 둘이 토론하는 종류의 SF들과 거의 동일한 패턴을 보인다. 이 마법사들은 시종일관 이성적이고 지적인 태도를 견지하며 마법적 문제를 해결한다. 랜달 개릿의 '다아시 경 시리즈'는 어떤가? 이 작품에서는 마법이 과학을 대체한 세계가 그려진다. 이 세계의 마법은 철저한 자연법칙에 의해 작동한다. 마법사들은 과학자나 엔지니어, 심지어 법의학자처럼 굴기도 한다. 이 작품도 SF인 걸까? 하지만 보통 이 작품들은 판타지로 이야기된다. 왜? 그건 마법이니까.

'방법으로서의 과학'까지 최대한 이해심을 확장하더라도, SF와 과학이 100퍼센트 연관되어 있다고 말하기는 어렵다. 과학적인 엄밀성을 추구하는 판타지 작품도 얼마든지 존재할 수 있고, 과학자적인 태도를 보이지 않더라도 그 작품은 얼마든지 SF일 수 있다.

결론: SF는 과학이 아니다

SF 이야기 속에는 과학적인 것처럼 보이는 요소들이 그럴싸한 설명과 함께 등장하곤 한다. 마치 진짜인 것처럼. 완벽하고 엄밀한 과학인 것처럼. 하지만 그것들은 진짜 과학이 아니다. 과학의 언어로 꾸며낸 상상의 산물일 뿐이다. 어려울 이유가 하나도 없다.

물론 과학자적 정신으로 엄밀한 과학을 구현한 작품들이 없는 것은 아니다. 그중에 몇몇은 팬들에게 명작으로 손꼽히기도 한다. 하지만 그게 '뛰어난 SF'의 기준이 되어서는 안 된다고 생각한다. 그건 어디까지나 특정 부류의 취향일 뿐이니까.

SF를 처음 접하는 사람들이 부디 자신을 탓하지 않았으면 한다. 만약 작품이 지루하거나 어렵게 느껴진다면, 그건 작가가 지루하고 어렵게 썼기 때문이지, 결코 당신이 부족해서가 아니다. 만약 당신에게 SF는 원래 어려운 거라고 말하는 창작자가 있다면 꼭 이렇게 말해 주도록 하자.

"변명하지 마, 장르 뒤에 숨은 비겁자야."

그러곤 다른 쉽고 재미있는 작품을 찾으면 된다. 어렵고 복잡한 SF는 한 줌에 불과하며, 셀 수도 없을 정도로 많은 이야기들이 SF의 바다에서 당신을 기다리고 있으니까.

SF 좋은 거 나는 예전부터 알았는데

별을 쫓는 아이

처음 SF를 접하게 된 건 대체 언제였을까? 아마도 초등학생 시절 TV로 즐겨 본 만화영화에서였던 것 같다. 《신세기 사이버포뮬러》(당시엔 《영광의 레이서》란 제목이었다)나 《기동경찰 패트레이버》, 《신비한 바다의 나디아》 같은 작품들. 소위 '용자로봇물'이라 불리는, 거대 로봇이 나오는 만화는 별로 좋아하지 않았다. 차라리 《엑소 특공대》처럼 비장한 우주 전쟁 이야기가 취향이었다.

반짝반짝 변신 소녀가 나오는 만화들도 마찬가지였다. 어린 주제에 왠지 그런 이야기는 유치하다고 생각했던 모양이다. 오히려 내가 좋아했던 것은 《요술소녀》 쪽이었다. 새끼손가락을 걸면 초능력을 쓸 수 있는 쌍둥이 자매가 주인공이었는데, 소소한 연애담과 신비로운 일상이 어우러지는 스토리에 푹 빠졌던 것 같다. 변신도 하지 않았고.

장래 희망이 천문학자였던 나는 우주가 배경인 이야기들을 특히 좋아했었다. 《무책임 함장 테일러》나 《은하철도 999》를 방영 시간마다 매회 꼬박꼬박 챙겨 보았다. 언젠가 어른이 되어 먼 우주로 떠나는 상상을 하곤 했는데, 훗날 천문학자는 우주에 나가는 직업이 아니라는 걸 알고는 크게 실망했던 기억이 난다. 당시 우주를 여행할 수 있는 사람은 대부분 미국이나 러시아의 군인들이었고, 그나마도 지구 주위를 빙글빙글 돌아다니기나 할 뿐이었다.

나는 외계인의 존재도 굳게 믿었다. '세계의 불가사의'니 'UFO의 비밀'이니 하는 수상한 음모론 책들을 읽으며 아담스키형 UFO의 구조를 공부하기도 하고, 플레이아데스 성단에서 온 외계인 이야기나 UFO의 배기열에 화상을 입었다는 농부의 사례를 읽고 공포에 몸서리치기도 했다. 빌리 마이어의 사진은 정말 진짜인 줄 알았다. 무수한 〈엑스 파일〉 에피소드 중에서도 나는 외계인이 등장하는 에피소드를 특히 좋아했다. 결말이 조금 어이가 없긴 했지만 〈인디펜던스 데이〉도 여전히 좋아하는 영화다. 〔시드 마이어의 문명 2〕를 구입해서는 문명 발전은 시키지 않고 외계인 침공 시나리오만 주구장창 플레이했던 기억도 난다. 그것도 외계인으로.

〔문명〕 이야기가 나와서 말인데, 컴퓨터에 관심이 많았던 아버지 덕분에 나는 아주 일찍부터 컴퓨터 게임에 빠져들었다. 그중에서도 가장 좋아했던 게임은 〔커맨드 앤 컨커〕였는데, 이 게임의 스토리는 대략 이렇다. 어느 날 '타이베리움'이라는 외계의 광물이 지구에서 자라기 시작한다. 테러 집단인 NOD가 이 물질을 이용해 세계를 정복하려 하고, UN 산하의 군대인 GDI는 이를 막기 위해 전쟁을 벌이게 된다. 하지만 당시엔 그런 스토리를 하나도 알지 못했다. 게임은 영어로 되어 있었고, 나는 너무 어렸으니까. 내가 흠뻑 빠져든 것은 미래적인 디자인의 오르카 헬기와 이온 캐논 인공위성, 적들 앞에서 모습을 감추는 스텔스 탱크, 기묘한 충전음과 함께 붉은 레이저를 뿜는 오벨리스크

타워 같은 첨단 무기들이었다.

〔스타워즈: 레벨 어설트〕나 〔윙커맨더 4〕 같은 우주 전쟁 게임들도 무척 좋아했었다. 밤새 싸구려 조이스틱을 붙들고 우주선을 조종했던 기억이 생생하다. 특히 이 게임들은 영화 같은 실사 영상이 사이사이 삽입되어 있어 몰입도가 굉장했다.

게임 덕분에 〈스타워즈〉를 알게 된 나는 비디오 대여점에서 3부작을 한 번에 빌려 종일 돌려 보고 또 돌려 보았는데, 이때 나는 엄청난 실수를 저지르고 말았다. 순서를 착각해 〈제다이의 귀환〉을 〈제국의 역습〉보다 먼저 보고 만 것이다. 이 사건은 내 인생에서 손꼽을 만한 후회로 남아 있다. (제 기억 좀 지워 주실 분?)

하긴, 그때는 뭐든 다 재미있을 나이였고, 순서가 어떻든 스타워즈는 최고였다. 한없이 거대한 스타 디스트로이어가 등장하는 첫 장면을 나는 평생 잊을 수 없을 것이다. 1990년대 기준으로도 부족함 없이 화려했던 특수효과와 화면을 수놓는 형형색색의 광선들, 귀여운 만두머리 레아 공주와 날건달 한솔로의 티키타카, 압도적인 존재감의 다스베이더와 신비로운 제다이들의 매력은 판타지와 SF를 넘나드는 내 세계관에 지대한 영향을 미쳤다.

중학생이 되자 세상에는 본격적으로 초고속 인터넷이 보급되기 시작했다. 나는 황혼기 PC통신 동호회들과 마니아들이 만든 조잡한 홈페이지를 오가며 점차 덕질의 세계로 빠져들었다. 당시에는 제대로 된 자료가 전무했는데, 때문에 영상은커녕 몇 장의 이미지와 쪽대본 같은 자료를 읽으며 상상의 나래를 펼쳐야 했던 적도 많았다. 그러다 망상

이 지나친 나머지 실제로는 제대로 본 적도 없는《초시공요
새 마크로스》의 팬 모임 같은 것을 나우누리에 개설한 적도
있었다. 그곳이 후에 어찌 되었는지는 잘 기억이 나질 않는
다. 물론 지금은 전편을 DVD로 섭렵한 지 오래다.

　비슷한 시기, 일본 문화 개방 정책이 시행되면서 수입사
들은 은근슬쩍 영화제라는 명목을 걸고 시민회관 같은 곳
에서 극장용 애니메이션을 단발성으로 상영하기 시작했다.
《바람계곡의 나우시카》나《기동전사 건담 F91》같은 작품
들을 뒤늦게 접하고 크게 감탄했던 기억이 난다. 이런 분위
기를 타고 인터넷에서는 본격적으로《신세기 에반게리온》
열풍이 불기 시작했다.(하지만 정식으로 수입된 비디오테이프는 정말
처참한 수준이었다. 후…) 뒤따라《공각기동대》나《소녀혁명 우
테나》같은 작품들도 인기를 끌었던 것 같다. 중학생 수준
으로는 이해하기 버거운 심오한 작품들이었지만, 알 듯 말
듯 한 분위기에 듬뿍 취한 나는 소위 '분석글'이라 불리우
는 헛소리만 잔뜩 늘어놓은 암호문들을 반복해서 읽으며 중
2병 증세를 점점 악화시켜 나갔다.

『은영전』 아세요?

중학생 시절 내가 가장 보고 싶었던 작품은 『은하영웅전설』이었다. 당시 이 작품의 인기가 얼마나 뜨거웠던지 덕후들이 모이는 게시판마다 파가 나뉘어 '양 웬리'와 '라인하르트' 중 누가 더 뛰어난 지도자인지, 동맹의 민주주의와 제국의 엘리트주의 중 어느 쪽이 우수한지를 두고 피가 튀는 논쟁이 벌어질 정도였다. 그들의 말대로라면 이제 이문열 『삼국지』는 저무는 태양이요 은영전이야말로 떠오르는 샛별이니, 『은하영웅전설』은 우주의 삼국지, 새 시대의 삼국지가 될 운명이었다.

하지만 우리 동네 대여점엔 『은하영웅전설』이 없었고, 작품을 읽지 못한 나는 변두리에서 말없이 손가락만 빨고 있어야 했다. 중학생의 주머니 사정으로 열네 권이나 되는 시리즈를 구입하기란 쉽지 않은 일이었다. 게다가 당시는 IMF 금융 위기의 먹구름이 드리우기 시작하던 때였다. 나는 살던 집의 크기가 5분의 1로 줄어드는 극적인 경험을 막 마친 참이었다. 용돈도 마찬가지로 뚝 줄어들었고.

나는 게임 잡지에 실린 〔은하영웅전설 4〕 광고를 뚫어져라 쳐다보기도 하고, 인터넷에 떠도는 쪽글들을 읽으며 '대체 양 웬리는 얼마나 천재일까?', '라인하르트가 그렇게 건

방진 애송이야?' 따위의 망상을 거듭하다 방구석에서 홀로 팬픽을 쓰기까지 했다. 오매불망 은영전 바라기로 살아가기를 수개월, 어느 날 나는 천상의 계시를 받았다. KAIST 도서관 대출 순위 1위가 『은하영웅전설』이라는 기사[11]가 난 것이었다. 나는 그 기사를 엄마에게 내밀며 책을 사 달라고 졸랐다. 엄마는 흔쾌히 열네 권의 책을 한 방에 구입해 주셨고, 나는 하루에 한 권씩 순서대로 읽어 나가다 8권에서 분통을 터뜨리고 말았다. 읽어 보신 분들이라면 다들 그 이유를 아시리라. (웃음)

　본격적으로 장르소설 읽는 재미에 빠져든 나는 곧장 당대의 최고 히트작에 손을 댔다. 바로 『드래곤 라자』였다. 이 작품에 대한 평가는 당시나 지금이나 극명하게 나뉘는 모양이지만, 적어도 재미있다는 사실만큼은 누구나 동의할 거라 생각한다. 『드래곤 라자』의 하이텔 연재분을 갈무리(!)한 텍스트로 한 번, 대여점에서 책으로 또 한 번, 두 번을 연달아 읽은 나는 판타지의 세계에도 푹 빠져들었다. 『로도스도 전기』(당시에는 『마계마인전』이라는 제목이었다), 『슬레이어즈』, 『바람의 마도사』 같은 책을 연달아 읽고, 〔영웅전설〕이나 〔창세기전 2〕 같은 RPG들을 줄줄이 플레이하기도 했다.

　그러던 어느 날, 대망의 〔스타크래프트〕가 발매되었다. 이 게임의 인기를 타고 전국에는 PC방이 하나둘 생겨나기 시작했는데, 우리 집도 그중 하나였다. 부모님이 PC방 사

11　1997년 9월 22일자 동아일보 "과기원생들 무협소설 대출 1위"였던 것 같다. 지금 와서 기사를 읽어 보니, 아마도 엄마는 이 책이 공부에 도움이 되지 않으리라는 것을 알면서도 눈감아 주신 게 아닐까.

장이었던 덕분에 나는 이 게임을 원 없이 플레이할 수 있었다. 하지만 당시에는 [스타크래프트]보다 [토탈 어나힐레이션]이나 [홈월드] 같은 게임을 더 좋아했던 것 같다. 정신없이 치고받고 부수기 바쁜 [스타크래프트]와는 달리 이두 작품에서는 왠지 모를 차분함 같은 것이 느껴졌기 때문이었다. 특히 광활한 우주를 실제로 눈앞에 구현한 [홈월드]는 내가 정말 사랑하는 게임이다. 당시로서는 한참 오버 스펙인 30인치대 CRT 모니터(당시에는 PC방 모니터가 CRT였다)로 즐기는 [홈월드]는 엄청났다. 그야말로 텅 빈 우주에 내던져진 기분으로 나는 그 게임을 플레이했다. 이 작품 속 주인공들은 오래전 잊힌 고향 행성을 찾아가기 위해 모선(mothership)을 타고 은하계를 여행하며 적대 종족과 전쟁을 벌인다. 게임을 시작하면 광막한 우주에 오직 모선 한 척만이 떠 있는 모습이 나타나는데, 그 순간 느껴지는 왠지 모를 쓸쓸함이 나는 좋았다.

당시 PC방에는 가게마다 주력으로 미는 온라인 게임이 하나씩 있었다. 어느 PC방에는 '리니지' 유저가 모이고, 어느 PC방은 '미르의 전설' 유저가, 어느 PC방에는 '바람의 나라' 유저가 모이는 식이었는데, 부모님이 운영하시는 PC방의 주력 상품은 '레드문'이었다. 황미나의 만화를 원작으로 한 이 게임은 사실 게임으로서는 조금 꽝이었지만, 게임 외적으로는 아주 커다란 장점이 하나 있었다. 바로 PC방에 《레드문》 전편이 비치되어 있다는 점이었다.

《레드문》 도입부는 어떤 면에서 전형적이다. 평범한 고등학생인 주인공 윤태영은 사실은 머나먼 나라의 왕자님이고, 그의 곁에는 운명의 여인 루나레나와 과묵한 경호원 사다드가 있다. 현 권력자인 아즐라는 그를 제거하기 위해 암살자를 보낸다. 하지만 머나먼 나라는 지구가 아닌 시그너스라는 외계 행성이며, 주인공을 죽이려 드는 암살자는 기계 몸을 한 사이보그다. 등장인물들은 제각각 신비한 초능력을 사용해 서로의 목숨을 지킨다. 게다가 주인공은 사실 '필라르'라는 왕자님의 뇌를 인간의 몸에 이식한 존재였다! 주인공 윤태영을 중심으로 무수한 인물들이 얽히며 벌어지는 음모와 치정, 운명적이고 비극적인 결말을 향해 치닫는 사건들은 열여덟 권에 달하는 방대한 분량을 하루 만에 읽게 만드는 매력이 있었다. 게임을 하러 모여든 손님들이 게임은 하지 않고 종일 만화책만 붙들고 있을 정도로. 《레드문》의 영향으로 나는 만화에도 푹 빠져들었다.

고등학생이 되자 나는 도서 대여점의 총 공급책 같은 역할을 맡게 되었다. 내 비즈니스 모델은 이렇다. 아침마다 친구들과 함께 대여점에 들러 수십 권의 만화책을 빌린다. 모종의 방법으로 교문을 통과해 밀반입된 책들은 교내를 떠돌며 종일 게걸스럽게 소비된다. 야간 자율학습이 끝나기 직전, 책들은 다시 내게 돌아오고, 나는 다음 날 아침 반납과 대여를 반복한다. 대개는 소비자들의 취향에 맞는 《슬램덩크》나 《야와라》, 《유리가면》, 《꽃보다 남자》 같은 만화들이 인기를 끌었지만, 나는 《총몽》이나 《아키라》, 《기생수》 같은 작품들을 더 좋아했다. 그로테스크한 연출과 인간성에 대한 섬뜩한 철학이 어우러진 이 작품들은 정말이지 몇 번을 읽어도 질리지 않는다.

1999년에는 〈매트릭스〉가 개봉했다. 이 영화에 대해 무슨 말이 더 필요할까. 나는 지금도 한 번씩 넷플릭스에서

이 영화를 다시 틀어 보곤 한다. 홍콩 영화의 연출법을 대거 도입한 〈매트릭스〉는 이후 할리우드 영화의 액션 공식을 완전히 바꿔놓았고, 무수한 SF 영화들이 특수효과와 CG에 집착하게 만드는 후유증도 낳았다. 특히 장면의 중요성을 시간으로 치환하는 슬로모션 기법은 내가 글을 쓸 때에도 즐겨 활용하는 연출 방식이다. 중요한 장면일수록 문장을 두껍게 쌓아 읽는 이에게 슬로모션과 비슷한 효과를 주는 것이다.

뒤이은 2001년에는 〈반지의 제왕〉이 개봉했다. 나는 여전히 이 영화보다 뛰어난 판타지 영화가 없다고 생각한다. 조금만 어긋나도 어색해 보이기 쉬운 판타지 장르의 한계를 극복하기 위해 감독과 제작진은 거의 완벽한 미술과 고증으로 화면을 채웠고, 명배우들의 출중한 연기력으로 설득력을 더했다. 촬영지인 뉴질랜드에 실제로 중간계가 존재하지 않을까 하는 착각마저 들 정도다. 이 위대한 3부작은 한 번에 촬영된 다음 1년에 한 편씩 나누어 개봉했는데, 매년 연말을 기다리는 즐거움도 있었지만 결국 참지 못하고 원작 소설을 읽게 되는 계기도 되었다. 솔직히 소설은 좀 재미없었다. 대체 노래는 왜 그렇게들 불러대는 건지.

『반지의 제왕』만큼이나 장대한 역사를 그린 스페이스 오페라 『듄』의 1부가 정식 출간된 것도 이즈음이었다. 이 시리즈는 내게 정말 특별했는데, 왜냐하면 [커맨드 앤 컨커]의 전작인 [듄 2]의 원작 소설이기 때문이었다. 나는 열여덟 권에 달하는 시리즈가 한 권씩 출간될 때마다 곧상 구입해 열심히 읽었다. 『듄』은 신비로운 광물 '스파이스 멜란지'가 자라는 유일한 행성 '아라키스'를 둘러싸고 벌어지는 우주의 패권 다툼을 1만 년에 걸쳐 그리는 장대한 서사극이다. 이 이야기에 등장하는 가문과 종족들은 하나같이 개성이 넘친다. 비열한 하코넨 가문, 모자라지만 착한 아트레이드 가문, 냉혹한 황제와 충직한 사다우카 병사들, 미치광이 광신도 사막민족 프레멘, 비밀스러운 과학종족 익스와 틀레이렉스, 섹스로 세상을 지배하는 명예의 어머니들… 특히 예지력과 초능력으로 우주의 권력자들을 은밀히 조종하는 신비로운 여성 교단 '베네 게세리트'는 너무나 매력적이다.

원래 10부작으로 구상된 이 이야기는 안타깝게도 6부까지 집필된 상태에서 작가가 사망해 미완으로 남았다. 이후에 아들이 대를 이어 나머지 분량을 완성했다고는 하는데, 원래 구상이 시원찮았던 건지 아들이 많이 모자랐던 건지 평가는 좋지 않다.

2003년 말에는 '반지의 제왕 3부작'의 마지막 편인 〈왕의 귀환〉과 '매트릭스 3부작'의 마지막 편인 〈레볼루션〉이 동시에 개봉했다. 좋아했던 두 시리즈가 모두 막을 내리게 되자 나는 한동안 심각한 갈증에 시달렸다. 그리하여 결국 나는 이듬해 '세계 3대 판타지'에 손을 대기에 이른다.

르 귄의 바람, 젤라즈니의 그림자

어린 시절엔 딱히 SF를 즐긴다는 자각은 없었던 것 같다. 그저 재미있는 이야기면 뭐든 좋았다. 그게 주로 SF였을 뿐. 스무 살을 넘겨서야 나는 본격적으로 SF라는 장르를 파고들기 시작했다. 내 운명의 작가인 '르 귄'과의 만남이 그 계기였다.

여전히 『반지의 제왕』 앓이를 이어가던 중, 나는 세계 3대 판타지라는 기묘한 분류법을 알게 된다. 대체 누가 정한 것인지는 모르겠으나, C. S. 루이스의 『나니아 연대기』와 어슐러 K. 르 귄의 『어스시의 마법사』, 그리고 『반지의 제왕』을 합쳐 세계 3대 판타지로 꼽는다는 거였다. 나는 당장 도서관에서 『나니아 연대기』와 『어스시의 마법사』를 빌렸다. 취향에 맞지 않아 포기했던 '나니아'와 달리 르 귄이 창조해낸 '어스시'는… 그야말로 최고였다. 특히 시리즈 세 번째 편인 『머나먼 바닷가』를 읽은 뒤엔 드디어 내가 인생의 판타지를 만났다는 생각마저 들 정도였다.

'어스시'는 내가 지금까지 읽어 온 판타지들과는 전혀 결이 다른 세계였다. 문장은 섬세했고, 시선은 부드러웠으며, 태도는 이국적이었다. 거칠게 칼날을 맞부딪치는 자들을 비웃기라도 하듯, 르 귄의 세계 속 인물들은 세련된 지혜와 깊은 깨달음으로 삶의 문제를 해결했다. 타자에 대한 배려심이 이토록 충만한 이야기는 처음이었다.

자연스럽게 나는 국내에 출간된 르 귄의 모든 저서를 읽었다. 『바람의 열두 방향』, 『어둠의 왼손』, 『빼앗긴 자들』, 『로캐넌의 세계』, 『유배 행성』, 『환영의 도시』까지. 조금 시간이 흐르자 『하늘의 물레』가 출간되었고, 청소년 소설인 '서부해안 연대기'와 『어스시의 마법사』의 후속작 세 권도 출간되었다. 책이 한 권 나올 때마다 나는 곧장 서점으로 달려가 그 자리에서 단숨에 읽어 내렸다. 심지어 앤솔로지에 포함된 단편 하나까지 모조리 찾아 읽을 정도였다. 한동안 『세상을 가리키는 말은 숲』이 출간되지 않았다는 사실이 얼마나 슬펐는지 모른다. 물론 지금은 모두 출간되었을 뿐만 아니라 한 출판사에서 전집을 새로 출간해 대부분의 작품을 국내에서 만나 볼 수 있다.

나는 르 귄 소설을 크게 두 가지로 분류한다. 첫 번째 축은 '삶과 죽음'에 대한 이야기. 즉, 성장 소설 계열이다. 대표적으로 『어스시의 마법사』와 '서부해안 연대기'가 여기에 속한다.

『어스시의 마법사』 초기 3부작은 일종의 성장 단계에 대한 이야기다. 첫 편인 『어스시의 마법사』에서 주인공 '게드'는 어쩌면 사소한, 어쩌면 거대한 실수로 사악한 어둠을 만들게 되고, 그 어둠을 쫓아 여행을 떠난다. 사악한 존재는 사실 게드의 그림자다. 내면의 좋은 부분과 좋지 않은 부분을 동등하게 인정하고 받아들이는 것. 이렇게 첫 번째 성장이 이루어진다. 『아투안의 무덤』에서는 또 다른 주인공인 '테나'가 등장해 게드와 함께 해묵은 인습과 관례에 맞선다. 세계와 부딪쳐 자신만의 길을 개척하는 것. 두 번째 성장 단계다. 3편인 『머나먼 바닷가』에서는 죽음을 부정하는 마법사 '거미'와의 숙명적 대결을 그린다. 거미는 저승과 이승의 경계인 돌담을 무너뜨리고, 세계는 혼란에 빠진다. 죽음을 인정하고 받아들이는 것. 마지막 성장의 단계다.

하지만 이 시리즈는 여기서 멈추지 않는다. 4편인 『테하누』에서는 본격적으로 약자와 여성을 중심에 세워 어스시 세계에 빠져 있던 절반의 조각을 채운다. 이제는 힘을 잃고 중년이 된 게드와 테나는 조금씩 초라하게 사그라드는 삶을 어떻게든 정리해 나가야 한다. 마지막 편인 『또 다른 바람』에서는 3편의 결말을 크게 뒤집으며 '죽음'이라는 주제의 의미를 한층 깊게 파고든다. 나는 『또 다른 바람』의 마지막 장면이 너무 좋다. 짧게 주고받는 대사 속에 게드와 테나가 느낀 일생의 감정이 고스란히 녹아 있다고 여겨져서다. 시리즈를 모두 읽고 아래의 대화를 다시 마주한다면 여러분은 전혀 다른 감정을 느끼게 되리라.

"내가 가고 없는 동안 당신은 뭘 했는지 얘기해 줘요."
"집을 지켰소."
"숲을 거닐었나요?"
"아직."
– 『또 다른 바람』 388p, 어슐러 K. 르 귄, 최준영 · 이지연 옮김, 황금가지

반면 '서부해안 연대기'는 재능과 소망, 운명과 의지에 대한 이야기였다고 생각한다. 이 이야기의 주인공들에게는

타고난 초능력이 하나씩 있다. 하지만 빼어난 능력이 꼭 행복을 보장하진 않는 법. 잘하는 것과 좋아하는 것들 사이에서 방황하며 다양한 고난을 겪은 아이들은 서투르지만 자신만의 선택을 내리고, 성장으로 한 걸음 나아간다.

이 시리즈에서 내가 가장 좋아하는 대목은 『보이스』에 나오는 도시인 갈바만드에 대한 묘사다. 운하를 가득 메울 정도로 책이 많았던 갈바만드의 도서관을 상상할 때면 언제나 가슴이 뛴다. 하지만 도시는 적들에게 습격당하고, 시민들은 한 권이라도 더 지키기 위해 목숨을 걸고 책을 감춘다.

"시민들을 시켜서 책을 날라다가 수레에 싣고 운하까지 가져가게 했죠…. 그리고 운하에 버리게 했어요. 책이 너무 많아서 운하 바닥을 메우고 넘치기 시작하자 책을 수레에 싣고 항구로 나르게 했어요."

-『보이스』117p, 어슐러 K. 르 귄, 이수현 옮김, 시공사

르 귄의 두 번째 축은 '타자와 소통'에 대한 이야기다. 이 계열의 이야기들은 주로 '헤인 시리즈'에서 다루어지는데, 전혀 다른 문명과 생물학적 특성을 지닌 두 인물, 혹은 사회가 서로를 낯설게 바라보고 충돌하는 과정을 그린다.

『어둠의 왼손』의 배경이 되는 얼음 행성 '게센'의 사람들은 성별이 불분명하다. 필요에 따라 가끔 성별을 취할 뿐이다. 게센인들은 외지에서 온 방문자를 24시간 섹스에 몰두하는 변태로 취급하고, 외지인들은 게센인들을 여자로 대해야 할지, 남자로 대해야 할지 망설인다. 『빼앗긴 자들』은 조금 더 노골적이다. 주인공 '쉐백'은 자본주의 행성 우라스

와 사회주의 이상향 아나레스 사이를 오가며 양쪽 세계의 명과 암을 모두 겪는다. 그는 두 세계의 소통을 꿈꾸며 '앤서블'이라는 통신 장치를 발명한다. 내가 특히 좋아하는 작품은 「제국보다 광대하고 더욱 느리게」다. 이 작품에서는 텔레파시 능력을 가진 탐사대원과 행성 전체에 드리운 거대한 정신체 사이의 충돌을 다룬다. 그들은 전혀 다른 시선을 지닌 존재이기에 서로를 이해하는 것이 불가능하다.

타자가 나와는 완전히 다른 존재라는 간단한 진리. 상대의 입장이 이해되지 않는 만큼 나도 상대에게 이해되지 않으리라는 간단한 상식. 르 귄은 우리가 낯선 상대를 향해 어떤 태도를 취해야 하는지에 대해 부드럽고 섬세한 필치로 제안한다. 날 선 대립과 갈등이 점차 심각해지고 있는 지금 이 시대에 우리가 가장 중요하게 다루어야 할 작가는 바로 르 귄이 아닐까.

르 귄을 읽었으니 이제 젤라즈니를 읽어야지. 국내에선 어째서인지 두 작가 사이에 라이벌 구도 같은 것이 형성되던 시기가 있었다. 나 역시 자연스레 로저 젤라즈니의 작품들을 읽기 시작했다. 가장 먼저 집어 든 것은 『신들의 사회』였는데, 『춤추는 자들의 왕』이라는 판타지를 읽은 직후여서 힌두 신화에 대한 관심이 충만했기 때문이었다.

다양한 민족의 신화를 모티브로 삼아 작업하는 탓에 젤라즈니의 작품에는 판타지와 SF의 경계를 넘나드는 독특한 매력이 있다. 그리스 신화에 모티브를 둔 데뷔작 『내 이름은 콘래드』, 힌두 신화의 신들이 첨단 과학으로 무장한 채 전쟁을 벌이는 내용의 『신들의 사회』, 아메리카 원주민 신화를 바탕에 둔 사냥꾼 이야기 『별을 쫓는 자』, 창조주인 인간을 탐구하며 고뇌하는 인공지능들의 오페라 「프로스트와 베타」 등 환상성 짙은 세계 설정이 젤라즈니 작품의 가장 큰 특징이다. 게다가 젤라즈니 특유의 선 굵은 대사들과 강렬한 캐릭터성도 무척 인상 깊다. 특히 시각적인 묘사와 액션이 강조되는 연출 스타일 때문에 미국에서는 만화 같다는 비판(이게 왜 비판이지?)을 받기도 했다고 한다.

사람들이 동의할지 모르겠지만, 내 생각에 젤라즈니의 매력은 오히려 B급 펄프 감성의 작품들에서 더욱 극대화되는 것 같다. 일종의 미국판 무협지랄까. 나는 그중에서도 특히 『저주받은 자 딜비쉬』를 좋아하는 편이다. 이 이야기에는 해묵은 영웅 민담의 매력이 고스란히 살아 있다. 그리고 그걸 다시 한 번 비트는 짓궂은 위트도. 딜비쉬와 그의 말 블랙이 주고받는 대화는 마치 장르 작가들의 숙명에 대한 한탄처럼 느껴진다.

"정말 그럴 작정이오? 이건 고전적이다 못해 해묵은 수법 아니오. 저 여자 뒤를 따라가면 매복하고 있던 무장한 사내 두어 명이 당신을 덮칠 거요. 그자들을 처치하면 여자는 뒤에서 당신 등을 찌를 거고. 이런 것을 소재로 한 발라드까지 나와 있지 않소. 어제 그런 경험을 하고도 당신은 아무것도 배우지 않았단 말이오?"

블랙은 거의 들리지 않을 정도로 나직하게 내뱉었다.

딜비쉬는 울어서 퉁퉁 부은 여자의 눈을 내려다보았고, 양손을 쥐어짜듯이 뒤틀고 있는 것을 보았다.

… (중략) …

"가도 지옥, 안 가도 지옥이로군."

- 『저주받은 자 딜비쉬』 426p, 로저 젤라즈니, 김상훈 옮김, 너머

독자로서 내가 가장 사랑하는 작가는 르 귄이지만, 작가로서 가장 영향을 받은 건 젤라즈니다. 나 역시 판타지와 SF 사이의 경계를 허무는 일에 무척 관심이 많다. 젤라즈니가 각지의 신화를 모티브로 이야기를 직조해 냈듯, 나는 한반도의 민담과 신화를 재료로 「꼬리가 없는 하얀 요호 설화」, 「마음 여린 땅꾼과 산에 깔린 이무기 설화」 등의 작품을 썼다. 현재도 설화를 모티브로 한 작업을 몇 가지 동시에 진행 중인데, 곧 선보일 기회가 있을 것 같다.

평행우주를 자유로이 넘나들며 암투와 권력 투쟁을 벌이는 왕자들의 이야기인 '앰버 연대기'는 특히 내가 작가적 입장에서 영향을 짙게 받은 작품이다. 선악이 불분명한 인물들, 플라톤 철학에 기반을 둔 세련된 세계관, 과학을 배제하고도 멋들어지게 그려 내는 SF적 느낌들, 주인공을 충동으로 이끄는 강렬한 감정선, 꼬리에 꼬리를 무는 반전과 왕좌를 차지하기 위한 지독한 암투, 타로 카드의 화려하고 강렬한 시각적 이미지… 어쩌면 로저 젤라즈니야말로 내가 꿈꾸는 이야기의 진정한 원형이며, 지금껏 내가 써 온 글들은 그 그림자에 불과한 것일지도 모른다.

젤라즈니는 작가로 성공하기 전까지 공무원으로 지내며 글을 썼다고 하는데, 내가 작심하고 직장부터 구하게 된 이유도 그의 영향이 컸던 것 같다.

별의 계승자

르 귄과 젤라즈니를 알게 된 후로 나는 SF라는 장르를 강하게 인식하며 SF 문학의 매력에 빠져들었다. 아이작 아시모프, 로버트 A. 하인라인, 아서 C. 클라크, 알프레드 베스터, 코드웨이너 스미스, 새뮤얼 딜레이니, 필립 K. 딕, 올라프 스태플든, 그렉 이건, 테드 창…. 나는 매일 도서관에 틀어박혀 서고에 꽂힌 SF란 SF는 모두 찾아 읽었다. 더욱이 뒤늦게 《기동전사 건담》에 빠져들어 식음을 전폐하고 토미노 요시유키의 모든 작품을 섭렵할 지경에 이르렀으니, 전공 학점이 엉망이 된 것은 말할 것도 없다. 아, 그런 와중에도 철학 수업만큼은 모조리 A를 챙겼다. SF에 등장하는 철학 이론들에 대한 관심 때문이었다. 당시 나는 진지하게 철학과로 전과하는 것까지 고민했었다.

나는 소위 '빅3'라 불리우는 '아시모프-하인라인-클라크' 보다는 알프레드 베스터나 코드웨이너 스미스 같은 작가들을 더 좋아하는 편이다. 특히 베스터의 『타이거! 타이거!』는 정말 좋아하는 작품이다. 25세기의 몽테크리스토 백작이라 할 만한 이야기로, 복수심에 휩싸인 주인공이 일직선으로 끝까지 질주하는 폭발적인 에너지가 압권인 작품이다. 결말에 다가갈수록 점점 더 거칠게 휘몰아치는 전개가 정말 굉장한데, 한 마디 언급마저도 스포일러가 될 수 있다 보니 어디가 어떻게 좋다고 말할 수 없는 점이 참으로 아쉽다. 내가 쓴 장편 소설『테세우스의 배』에도 이 작품에 대한 오마주, 혹은 패러디가 잔뜩 숨어 있다.

코드웨이너 스미스는 2007년 창간된 장르 전문지『월간 판타스틱』에서 운명적으로 만나게 된 작가로, 이력부터가 장르적이다. 일단 그의 대부는 신해혁명의 주역 쑨원이다. 국제 정치활동가였던 아버지와의 친분이 그 이유였다고 하는데, 때문에 스미스는 어릴 적부터 전 세계를 누비며 테러와 납치의 위협을 피해 서른 번 이상 학교를 옮겨 다녀야 했다. 그는 6개 국어에 능통한 천재에다 스물세 살에 정치학 박사 학위를 취득하고, 동아시아 외교와 군사 심리전 전문가로 제2차 세계 대전과 한국전쟁에서 미군의 군사 자문으로 활동하기도 했다. 이런 제임스 본드 같은 사람이 SF까지 썼다니, 이 사람 대체 정체가 뭘까?

지금은 절판되어 찾아보기 쉽지 않지만, 가능하다면『판타스틱』2008년 3월호에 실린 스미스의 두 작품을 꼭 읽어보았으면 한다. 「황금의 배가 오! 오! 오!」와 「수즈달 중령의 범죄와 영광」이라는 작품이다. 이 두 작품은 '인류대행기관' 세계관에 속하는 일군의 단편 시리즈인데, 아주 협소한 지역의 사소한 사건을 짧게 다루는 것만으로도 미래 인류가 어떤 정치적 환경에서 살고 있는지, 인류대행기관이 어떤 사상을 지닌 조직인지 거대한 세계를 효과적으로 암시하며 경이감을 불러일으킨다. 냉혹한 첩보와 기만적 심리전이 진득하게 배어 있는 스페이스 오페라 본연의 재미도 탁월하다. 1950년대에 이미 이런 세련된 SF를 쓴 작가가 있었다는 사실에 충격을 받지 않고는 못 배길 것이다.

두 작품을 구해 보기 힘들다면 『SF 명예의 전당』 2권과 3권에 실린 「스캐너의 허무한 삶」이나 「방황하는 씨'멜의 연가」도 나쁘지 않다. 이 두 작품 또한 '인류대행기관 시리즈'에 속하는 작품들이다. 당시 주류 백인의 장르였던 영미 SF계에서 스미스는 소수자와 약자들을 주인공으로 내세운 몇 안 되는 작가였고, 때문에 르 귄으로부터 진심 어린 찬사를 받기도 했다. 또 스미스는 고양이를 무척 좋아하는 작가이기도 하다. 고양이를 좋아한다면 「쥐와 용의 게임」을 꼭 한 번 읽어 보시길.

2000년대에 접어들면서, 국내에서도 SF 작가들이 두각을 나타내기 시작했다. 듀나의 『태평양 횡단 특급』을 필두로 『U. ROBOT』, 『얼터너티브 드림』, 『백만 광년의 고독』, 『독재자』, 『커피잔을 들고 재채기』, 『아빠의 우주여행』 등 다양한 앤솔로지 및 작품집이 쏟아지기 시작했고, 배명훈의 『타워』, 김보영의 『진화 신화』, 『멀리 가는 이야기』 등의 단행본도 속속 등장했다. '웹진 크로스로드', 『Happy SF 무크지』, 『월간 판타스틱』 같은 잡지가 창간되어 SF를 위한 지면이 생겨난 것도 이즈음이다. 이 시기의 작가들은 한국이라는 어색한 무대에 SF를 입히기 위해 무던히도 노력했다. 그 덕에 지금은 한국인이 주인공으로 등장하는 작품들이 독자들에게 당연하게 받아들여지고 있다.

그리고 나는 '환상문학웹진 거울'이라는 곳도 알게 되었다. 지금은 한국 SF의 거장들로 꼽히는 많은 작가들이 이곳에 단편을 게재했고, 나는 매월 1일이 오기만을 손꼽아 기다렸다. 필진 외에 독자들이 올리는 단편들도 빼어났다. 현재 활발히 활동 중인 현역 SF 작가 중 꽤 많은 분들이 당시 거울의 독자 단편 게시판에 글을 올렸다는 사실을 나는 알고 있다. (그들이 무슨 작품을 썼는지도!) 나 역시 생애 처음으로 쓴 SF를 이곳 독자 단편란에 투고했었는데, 그때 가작으로 선정되어 칭찬받지 않았더라면 지금껏 글쓰기를 이어오지 못했으리라. 창작의 즐거움에 대한 이야기는 뒤에서 따로 이야기할 기회가 있을 것이다.

이후의 역사에 대해서는 아마 모두가 잘 알고 있을 거라 생각한다. 듀나, 김보영, 배명훈, 곽재식, 이서영과 같은 위대한 작가들이 이제는 한국 SF의 거장으로 솟아났으며, 한국과학소설작가연대가 설립되었고, 그래비티북스, 아작, 안전가옥, 허블, 구픽 등 SF 전문 출판사들도 생겨났다. 한국과학문학상, 한낙원과학소설상, 브릿G, 안전가옥 공모전 등의 루트를 통해 매년 굉장한 작가들과 멋진 작품들도 쏟아지고 있다. 이 모든 관계자들의 활약을 계승한 덕분에 나역시 미진하지만 SF 작가로 데뷔할 수 있었다. 정말 감사한 일이다.

더 세련되고 현대적이며, 우리 삶을 직접 대입시킨 국내 SF들이 넘치는 지금에 와서는 굳이 SF를 시작하겠다며 계보를 따지며 미제 유물을 숙제처럼 읽을 필요는 없는 것 같다. 그것들은 이미 고전이 되어 버렸고, 우리는 너무 멀리까지 왔으니까. 물론 고전에서만 느낄 수 있는 시대상의 재미가 있지만, SF의 본원적인 재미와는 조금 다른 영역이 되어가고 있다. 그냥 마음에 드는 최근의 한국 SF부터 읽기를 추천드린다.

최근에는 『오늘의 SF』라는 SF 전문 문예지가 새로이 창간되었는데, 반응이 아주 뜨겁다. 어느샌가 SF 문학의 독자층이 두터워졌고, 이를 기반으로 영화와 드라마에서도 SF가 점차 주류가 되어가는 추세다. 게임은 뭐, 원래부터 대세였으니 걱정할 필요도 없고.

예전보다 많은 사람들이 SF의 즐거움을 알게 되어 기쁘기도 하고, 어떨 땐 조금 서운하기도 하다. 생판 처음 보는 누군가가 나타나 짐짓 아는 체하는 모습을 볼 때면 불쑥 짜증이 치솟기도 한다. SF 좋다고 십 수 년을 떠들고 다녔으면서도 내심 이 좋은 걸 조용히 나만 알고 싶었던 것은 아니었는지. 그러다 보면 가끔은 복잡하게 뒤틀린 심사를 담아 이렇게 외치고 싶어지는 것이다.

"너네들 전부 홍이다! SF 좋은 거 나는 예전부터 다 알았거든?"

여전히 SF에 대해 잘 모르겠다면

SF 세계의 알려진 규칙들

이 파트에서는 SF 장르의 규칙에 대해 조금 더 상세히 알려 드릴 것이다. 하지만 앞서 이미 설명했듯 장르 규칙이란 창작자와 소비자들 사이의 느슨한 규약에 불과하며, 매 순간 끊임없이 변화하고 있다는 사실을 잊지 말아야 한다. 지금 내가 이 글을 쓰는 동안, 혹은 당신이 이 글을 읽는 동안에도 어떤 규칙은 맹렬히 수정되고 있을지 모른다.

소재 그 자체가 규칙이 된다

탐정이 등장하더라도 그가 추리를 하지 않는다면 그 이야기는 미스터리가 아니다. 귀신이 등장하더라도 사람을 괴롭히거나 죽이지 않는다면 그 이야기는 호러로 보기 어렵다. 하지만 우주가 배경이고 우주선이 나온다면 그 이야기는 거의 100퍼센트 확률로 SF다. 우주선이 추락하건 폭발하건 전투를 벌이건 심지어 탭댄스를 추더라도 말이다.

이처럼 SF를 구성하는 가장 중요한 규칙은 소재다. 어떤 작품에서 우주선이나 궤도 엘리베이터, 광선총, 의체와 강화복, 인공지능 로봇, 시간 여행, 외계인, 초능력, 좀비 등의 소재가 사용되었다면 그 작품은 SF일 가능성이 매우 높다. 그 외에 어떤 소재들이 SF에 포함되는지는 부록으로 제

공된 'SF 소백과사전'에 자세히 기술되어 있으니 이를 참고
해 주시길.

공유 개념

SF의 어떤 고유 명사들은 창작자와 소비자들 사이에서
일종의 표준처럼 공유된다. 예를 들어 '워프(warp)'라는 용
어는 TV 시리즈 〈스타트렉〉에서 사용된 초광속 비행 기술
의 명칭이다. 그럼 워프는 〈스타트렉〉에서만 사용되는 용어
일까? 아니다. 많은 수의 SF 창작자들이 이 용어를 빌려와
자신의 작품에 활용한다. 여러 작품들에서 워프라는 용어를
반복적으로 차용한 결과, 워프는 이제 SF 내에서 초광속 비
행을 의미하는 표준 용어가 되었다. 특정한 창작자가 만들
어 낸 개념이 장르 전체의 표준으로 자리 잡은 것이다.

이와 비슷한 사례는 무수히 많다. 아서 C. 클라크가 창
조한 '궤도 엘리베이터(Space Elevator)', 어슐러 K. 르 귄이 창
조한 통신 장치 '앤서블(Ansible)', 아이작 아시모프의 '로봇
3원칙(Three Laws of Robotics)', 윌리엄 깁슨이 창조한 가상현실
'사이버 스페이스(Cyber Space)' 혹은 '매트릭스(Matrix)'….

과거에는 이런 공유 개념들을 모르면 SF를 읽기 어려웠
고, SF라는 장르에 대한 일종의 진입장벽으로 작용하기도
했다. 하지만 최근에는 이런 소재들을 최대한 친절히 설명
하거나, 아니면 배제하는 경우가 많은 것 같다. 혹여 생경
한 용어가 등장하더라도 너무 걱정하지 말자. 대부분 구글
에 검색하면 설명 자료를 찾을 수 있다.

사실 공유 개념[12]은 SF만의 전매특허는 아니다. 판타지에도 '소드마스터'니 '그랜드마스터'니 '엘프'니 '드워프'니 하는 용어가 즐비하게 활용되고, 무협에는 '이기어검'이나 '주화입마' 같은 용어가 있지 않던가? 좋은 소재를 활용하고 싶은 욕망은 모든 이야기꾼의 본능일 것이다.

무엇이든 가능한 현실

SF에서는 어떤 문장이든 문자 그대로의 현실일 가능성이 있다. 우선 아래의 예문를 보자.

그녀의 세계는 파괴되었다. 돌이킬 수 없을 정도로 철저하게.

대부분의 문학에서 "그녀의 세계는 파괴되었다"라는 문장은 당연히 내면의 감정에 대한 은유일 수밖에 없다. 그러나 SF에서 이 문장은 글자 그대로의 사실일 가능성이 있다. 어쩌면 시간 파리는 화살을 좋아할지도 모른다(Time flies like an arrow).

때문에 독자/시청자는 항상 두 가지 가능성을 염두에 두며 중층적으로 이야기를 읽어 내려가게 된다. 당신이 SF 창

---

12 노파심에 덧붙이자면, 타인의 빛나는 아이디어를 마음대로 표절해도 된다는 뜻이 절대 아니다. 하나의 공유 개념이 형성되기까지는 무수한 협의와 허락의 과정이 배후에 존재한다. 지난 달 출간된 신작 소설의 아이디어를 작품에 삽입하고 싶다면 당연히 그 작가의 허락을 구해야 옳을 것이다. 표절과의 경계가 모호해 선을 긋기가 쉽지는 않지만, 현명한 창작자라면 이 차이를 충분히 이해하리라 믿는다.

작자라면 어설픈 은유는 아예 포기하는 편이 낫다. 독자/시청자가 그 표현이 은유인지, 문자 그대로의 의미인지 혼란을 느끼게 될 가능성이 높기 때문이다.

외삽

자, 드디어 SF 핵심 요소 중 하나인 '외삽(extrapolation)'에 대해 이야기할 때가 되었다. 외삽이란 특정한 요소를 삽입했을 때 세계가 어떻게 변화하는지 예측하는 일을 말한다. 표현이 조금 어려웠나? 몇몇 작품들의 예를 들어 보면 좀 더 이해하기 쉬울 것이다.

테드 창의 단편 「외모 지상주의에 관한 소고: 다큐멘터리」에는 '칼리아그노시아'라는 장치가 등장한다. 이것은 타인의 외모에 대한 판단을 마비시키는 장치로, 상대가 미인인지 아닌지를 구별할 수 없게 만든다. 이 이야기 속 사람들은 우리의 현실과 거의 똑같은 현실을 살아가지만, 딱 하나, 외모에 대해서만큼은 완벽하게 자유로워진다. 외모에 집착하지 않는 사회는 어떤 모습일까? 궁금하지 않은가?

이처럼 '외삽'이라는 도구를 통해 우리는 새로운 세계를 상상할 수 있다. 심너울의 「저 길고양이들과 함께」에서는 사람에게 중성화 시술을 행하는 기술이 외삽된다. 이 이야기에서 대한민국 중년 남자들은 국가 지원금으로 중성화 시술을 받고 성적인 욕구를 거세당한다. 언뜻 듣기에 굉장한 디스토피아 소설 같지만, 아니다. 유토피아다. 한번 믿고 읽어 보시길 바란다. 천선란의 「그림자놀이」에서는 타인에 공감하는 능력을 제거하는 기술인 '깨진 거울 수술'이 외삽된다. 타인의 감정과 동조하는 능력을 차단하자 인류는 혼란스러운 감정들로부터 해방되고, 전쟁과 폭력도 사라진다.

작은 변수 하나를 바꾸어 크게 달라질 세계를 상상하는 것. '외삽'은 SF 향유자들의 가장 커다란 특권이다.

M.I.C.E.

순문학이 인물의 내면을 주로 다루는 것과 달리, SF에서는 세계(Milieu), 착상(Idea), 인물(Character), 사건(Event)이라는 네 가지 요소가 동시에 중요하게 다루어진다. 네 가지 요소 중 어느 것이든 이야기의 중심이 될 수 있다는 의미다.

어슐러 K. 르 귄의 「안사락 족의 계절」에는 특정한 주인공이나 사건이 없다. 이 이야기는 일종의 관찰 보고서처럼 외계 종족인 '안사락 족'의 생애 주기를 묘사한다. 사계절이 한 번 도는 데 24년이 걸리는 안사락 종족의 모습을 관찰하며 우리는 삶의 의미에 대해 다시 생각하게 된다. 에릭 프랭크 러셀의 「그리고 아무도 없었다」는 사회주의적 이상향이 실현된 행성을 무대로 그리는데, 행성에 도착한 선원들은 하나둘 감화되어 이곳에 정착하기 시작한다. 이 두 이야기에서는 세계 그 자체가 주인공인 셈이다.

착상이 주인공인 이야기도 존재한다. 김초엽의 「공생가설」은 두 명의 과학자가 뇌 속 외계 생명의 존재를 탐구해 가는 과정으로, 주인공들은 직업으로서의 능력을 기계적으로 발휘해 진실을 밝혀 낼 뿐이다. 이 이야기에서 가장 중요한 것은 '공생가설'이라는 아이디어 그 자체다. 곽재식의 '미영과 양식 시리즈'에서도 매번 신기하고 독특한 사건이나 행성이 작품의 주제가 되며, 주인공 미영과 양식은 패턴화된 반응을 보이는 평면적 인물이다.

일반적으로 평면적인 주인공은 좋지 않다고 여겨지지만, SF에서는 도식화된 인물이 오히려 미덕이 될 때도 있다. M.I.C.E.를 모두 비중 있게 다루게 되면 이야기가 너무 산만해질 수 있기 때문이다. 적은 분량 내에서 이야기를 완결지어야 하는 단편의 경우가 특히 그렇다. 세계와 착상에 집중할 필요가 있는 경우 SF 작가들은 의도적으로 평면적인 인물을 배치하기도 한다. 작가는 언제나 정해진 분량 내에서 모든 것을 타협해야만 하는 존재다.

미정 상태

오슨 스콧 카드[13]에 따르면 '미정 상태'야말로 SF와 비(非) SF 사이의 진짜 경계 중 하나이다. SF에서는 이따금 생소한 용어들을 슬쩍 흘리고, 그 용어의 의미를 나중에 설명하는 경우가 있다. 이해를 돕기 위해 아래의 예문을 보자.

너울-폴짝 기관의 도움으로, 청귤 행성은 봄이 끝나기 전에 무사히 세오를 맞이할 수 있었다.

만약 도입부에서 이 문장을 마주한다면 독자는 궁금증에 빠지게 될 것이다. '너울-폴짝 기관'은 초광속 도약 장치인가? 아니면 일종의 위원회나 행정부서인가? '청귤 행성'은 대체 어디이고 어떤 곳일까? '봄'이 언급된 것으로 보아 계절이 존재하는 걸까? '세오'는 사람 이름일까? 아니면 직함이나 물건인 걸까? 독자는 스스로 상상하고 추리하며 작품

---

13 미국의 SF 작가. 대표작으로는 『엔더의 게임』이 있다.

에 대한 궁금증을 부풀리게 된다.

독자들은 미정 상태가 등장할 때마다 머릿속에 물음표를 하나 붙여 두고 그 의미를 추측한다. 이런 독해과정을 통해 이야기는 더욱 풍성해지고, 궁금증은 증폭되어 책을 놓지 못하게 하는 동력을 형성한다. 이렇게 잔뜩 쌓아 올린 궁금 증이 이야기의 진행과 맞물려 하나씩 해소되어 가는 즐거움 은 오직 SF에서만 느낄 수 있는 재미다.

안타깝게도 미정 상태의 독특한 특성은 SF에 진입장벽을 만드는 한 가지 원인이 된다. SF에 익숙한 독자들은 미정 상태가 뒤에서 해소될 것을 알지만, 익숙지 못한 독자들은 자신이 모르는 개념이 등장할 때마다 당황하고 자책에 빠진 다. "Don't Panic!" 계속 읽어 내려가다 보면 결국 다 설명 될지니.

사람들은 왜 SF에 꽂힐까?

　SF를 좋아하는 사람들은 왜 SF를 좋아할까? 이 장르의 진정한 매력이 무엇인지는 사실 나도 잘 모르겠다. 하지만 몇 가지 추측을 해 볼 수는 있을 것이다. 아래 항목들은 나와 내 주변 사람들의 사례를 수집해 본 것이다. 철저히 주관적인 결과물이므로 너무 신뢰하지는 말자.

경이감

　흔히 SF는 경이감(sense of wonder)의 장르라고들 이야기한다. 경이감에 대한 정의는 참으로 다양한데, 최대한 단순하게 설명하자면 자신의 상상력을 넘어서는 경험을 할 때 느껴지는 감정이라고 생각하면 좋을 것 같다. 그랜드 캐니언을 마주했을 때 "우와…"하고 감탄하게 만드는 바로 그 감정 말이다.

　자신이 가진 세계관의 한계, 상상력의 벽을 하나 넘을 때마다 독자/시청자는 인식의 경계가 확장되며 경이감을 느낀다. 물론 우리는 역사적 사건(촛불 혁명! 우와!)이나 단 한 장의 사진(창백한 푸른 점! 우와!)에서도 경이감을 느낄 때가 있고, 판타지 속 초월적 존재들이나 천재적인 살인 트릭에서도 경이감을 느낄 수 있다. 하지만 매번 새로운 세계와 착상에

도전한다는 점에서 SF가 경이감을 느끼기에 최적의 장르인 것만은 분명하다.

미래

어떤 사람들은 미래를 들여다보기 위해 SF를 찾는다. 미래를 이야기하는 일은 언제나 매력적이고, 사람들은 다들 미래를 궁금해한다. 공교롭게도 SF는 미래 세계를 배경으로 하는 경우가 많은 장르다.

물론 SF는 미래를 예언하기 위한 도구는 아니다. 하지만 의도했건 의도하지 않았건 SF는 미래에 대한 다양한 가능성을 예측하거나, 혹은 제안한다. 가끔은 우리가 마음속 깊이 욕망하고 있던 미래를 형상화하여 눈앞에 보여 주기도 한다. 실현 가능성과는 별개로 말이다.

과연 우리 앞에 놓인 미래는 유토피아일까, 디스토피아일까? 혹은 아포칼립스일까.

사고 실험

과학이 복잡한 현실을 단순한 모형으로 환원하여 문제를 해결하는 것처럼, SF는 복잡계인 현실을 이야기의 형태로 단순화하여 현실에서 이루어질 수 없는 다양한 사고 실험을 진행한다.

우리는 SF를 통해 남녀가 완전히 평등해진 사회를 디자인할 수도 있고, 지구상에 운석이 떨어지는 상황을 시뮬레이션해 볼 수도 있다. 모두가 영생불멸하는 미래를 상상하거나, 우주의 시작과 끝을 사유해 볼 수도 있다.

다만 유의해야 할 것은, SF는 특정한 과학 이론이나 사상을 입증하기 위한 도구가 아니라는 점이다. SF 속 사고 실험은 어디까지나 흥미로운 이야기, 사유의 즐거움만을 위해 존재한다. 애당초 SF 작품들의 사고 실험에는 아무런 학술적 근거가 없다. 그러니 어디 가서 SF 작품을 토론의 근거로 제시하는 바보 같은 실수는 절대 하지 말도록.

첨단 기술과 광선총

최근 모 전자기기 회사에서는 100배 줌이 가능한 스마트폰을 내놓았다. 그 기계가 등장하는 광고를 보며 "우와!" 하고 경이감을 느낀 사람이 많았으리라. 그런데 곰곰이 생각해 보면 몰래 불법 촬영을 하려는 게 아니고서야 대체 100배나 확대되는 카메라가 우리에게 왜 필요할까? 쓸데없이 액정이 접히는 휴대폰을 왜 갖고 싶은 걸까? 팰컨9 로켓이 재착륙하는 모습은 왜 쿨하게 느껴지는 걸까? 당장의 삶에 별 도움도 되지 않는 기술이건만, 우리는 매번 새로운 기술에 매료된다. 첨단 기술은 우리가 더 나은 존재로 진보하고 있음을 보여 주는 상징이기 때문이다.

새로운 기술은 우리의 한계를 확장시킨다. 나아가 인류를 더 대단한 존재로 격상시킨다. 날개를 상상한 끝에 우리는 하늘을 날 수 있게 되었고, 로켓을 상상한 끝에 달에 발자국을 남겼다. 우리에게 변화를 가져올 신기술을 상상하는 일은 언제나 즐거울 수밖에 없다.

하지만 슬프게도 많은 사람들이 좋지 않은 기술에 더 많은 흥미를 느끼곤 한다. 특히 강력하고 참신한 무기는 SF에서 언제나 인기 있는 소재다. 그리고 작가들의 참신한 상상은 매번 현실이 되어왔다. H. G. 웰즈의 상상이 결국 핵폭

탄이 되었던 것처럼.[14]

어쨌거나 과학적인 것처럼 보이는 어떤 것

믿기지 않겠지만, 세상에는 과학적인 표현에 페티시가 있는 사람들이 분명 존재한다. 심지어 그들 중 일부는 같은 내용을 더 어렵고 더 난해하게 표현할수록 흥분을 느끼는 변태적인 성향마저 있는 것 같다.

이들은 "함장님, 능동 지향성 조응 장갑판이 37퍼센트 손상되었습니다!"라는 대사를 들으면 억장이 무너지는 듯한 안타까움을 느끼고, "44조 엑사바이트의 P-S 튜브와 리버시블 액츄에이터로 구성된 그 끔찍한 양자 메인프레임 서버는 마리아나 해구의 심연 깊은 곳에 수몰되었다" 따위의 엉터리 문장에서 카타르시스를 느낀다. 하지만 그들은 이게 무슨 뜻인지 전혀 이해하지 못한다. 그저 멋지다고 생각할 뿐. 실은 내가 그렇다.

꼭 이런 난삽한 문장까지는 아니더라도, "상대성 이론에 따르면 이런 일은 불가능해요!"라거나, "양자역학적 관점에서 보면 꼭 틀린 말은 아니죠" 같은 대사에 흥분하는 SF 팬들은 꽤 많이 있으리라 생각한다. 그래, 거기. 바로 당신 말이다.

---

14 웰즈는 『공중 전쟁』과 『다가올 세계의 모습』을 통해 1, 2차 세계 대전의 발발을 경고해 왔다. 또 『해방된 세계』에서는 끝없이 핵분열하는 폭탄으로 세계가 멸망하는 미래를 그리기도 했다. 하지만 아이러니하게도 이 소설이 계기가 되어 맨해튼 프로젝트가 시작되었고, 웰즈는 이를 한탄하며 『공중 전쟁』의 재출간본 서문에 다음과 같은 말을 남겼다. "내가 뭐랬어, 이 썩을 멍청이들아."

세계 창조

SF는 세계를 창조하는 장르다. SF 작가들은 당신이 한 번도 생각해 보지 못한 새로운 무대로 당신을 데려간다. 치밀하고 정교하게 설계된 세계는 슬쩍 바라보는 것만으로도 경이감이 느껴질 정도다.

당신이 도착한 곳은 은하계와 맞먹는 크기의 제국일 수도, 모든 고통이 사라진 환상적인 유토피아일 수도, 좀비에 의해 종말을 맞이한 세계일 수도 있다. 어쩌면 지구가 평평하거나 천동설의 법칙에 따라 움직이는 천구가 존재할 수도 있고.

이곳이 아닌 다른 세계로 떠나고 싶다면, SF가 최적의 장르일 것이다.

우주

어떤 사람들은 그저 밤하늘의 별자리를 바라보며 성운과 은하로 빼곡히 채워진 우주를 상상하는 것만으로도 행복해한다. 많은 수의 SF가 우주를 배경으로 하는 이유도 그 때문일 것이다. 살짝 과장을 보태서, 우주 없이는 SF라는 장르의 존립이 흔들릴 정도다.

빛의 속도를 뛰어넘어 광활한 우주를 여행하는 일은 상상만으로도 짜릿하다. 달에서 푸른 지구를 내려다보는 광경은 어떨까? 텅 빈 진공에서 우주 유영을 하는 일은? 화성의 석양은 얼마나 아름다울까. 초신성과 블랙홀을 직접 눈으로 본다면 어떤 기분일까. 대체 우주는 어떻게 탄생했으며, 얼마나 거대한 걸까?

〈스타트렉〉의 유명한 말처럼 우주는 인류에게 남은 최후의 개척지다. 우리는 언제나 우주를 꿈꾸지만 안타깝게도, 현재로서는 SF가 우주를 여행할 유일한 방법인 것 같다.

초월

대개 사람들은 지금보다 더 나은 사람이 되기를 욕망한다. 더 똑똑한 사람이 되기를, 더 성공한 사람이 되기를, 더 위대한 사람이 되기를. 여기서 한 걸음 더 나아가 인간의 생물학적 한계를 초월하기를 바라는 사람들도 있다.

SF는 초월에 대한 욕망을 대리 충족시켜 준다. 온몸을 기계로 바꾸어 초인적인 힘을 발휘한다거나, 과학의 힘으로 영생불멸한다거나, 초능력을 얻어 상대의 마음을 읽고 물체를 마음대로 조종하는 등 어떤 복잡한 욕망도 실현 가능하다. 초월을 다루는 이야기는 워낙에 인기가 많고 자주 반복된 탓에, 당신이 상상할 수 있는 거의 모든 종류의 이야기가 이미 세상에 존재한다고 생각해도 될 정도다. 당신은 취향껏 마음에 드는 작품을 선택하기만 하면 된다.

위로와 치유

이 항목은 주로 한국 SF 문학계에 적용되는 항목이다. 어느 정도는 작가라는 직업의 특성이기도 하겠지만, 유독 한국의 SF 작가들은 남들보다 섬세하고 따스한 사람들인 것 같다. 그들은 우리의 사소한 아픔을 놓치지 않고, 약자와 소수자들의 삶에 더 많은 관심을 기울인다. 적어도 내가 겪은 바로는 그렇다. 작품에서든 작품 바깥에서든 말이다.

그런 사람들의 손에서 태어난 작품들도 똑같이 선한 아우라를 지닐 수밖에. 그 덕에 우리는 책장을 펼칠 때마다 우

리를 치유하고 위로해 줄 세계를 만날 수 있다. 정말 다행
이 아닐 수 없다.

SF를 둘러싼 오해들

이 파트에서는 SF를 둘러싼 지긋지긋하고 해묵은 오해들에 대해 내 나름의 반론을 제기할 것이다. 부디 SF의 가능성을 옥죄는 악성 종양들을 전부 도려내고 작가들에게 무한한 자유가 주어지기를 염원해 본다.

SF는 과학적으로 엄밀해야 한다

앞에서도 이미 다루었듯, SF에 대한 가장 대표적인 오해는 SF가 과학에 기반을 둔 이야기라는 것이다. 지금쯤이면 아마 이렇게 말하고 싶은 사람들이 있을 거라 생각한다.

"네가 언급한 작품들은 SF가 아니거든? 진짜 SF는 오직 하드 SF거든?"

이들의 주장은 간단하다. 과학적 엄밀성을 철저하게 유지하는 소수의 '진짜 SF＝하드 SF' 작품들이 있다는 것이다. 나머지 작품들은 전부 가짜이므로, 조건에 부합하지 않는 작품을 전부 SF에서 제외해 버리면 '사이언스' 픽션의 순결성을 지킬 수 있다고 이들은 믿는다.

글쎄, '하드 SF'의 대명사로 불리우는 그렉 이건의 『쿼런틴』은 정말 과학적으로 엄밀할까? 양자역학의 코펜하겐 해석[15]을 주요 소재로 다루는 이 장편 소설에서 그렉 이건은 파동함수의 수축을 일으키는 원인이 인류라고 '가정'했다. 이는 소설이 집필된 당시 기준으로도 과학적으로 틀린 이야기다. 확률 파동이 수축되는 원인은 관측 그 자체이지 관측하는 존재가 인간이건 기계이건 상관없다. 그렉 이건이 이 사실을 몰랐을까? 그럴 리가. 그는 인간의 관측이 전 우주의 무한한 가능성을 모두 파괴한다는 스펙터클을 위해 일부러 이러한 설정을 채택한 것뿐이다.

대개 하드 SF로 분류되는 『2001 스페이스 오디세이』, 『별의 계승자』, 『콘택트』도 결국 초월적 존재와 접촉하는 이야기이고, 인간의 과학으로는 감히 설명할 수조차 없는 현상을 그리며 마무리된다. 끊임없이 과학지식을 늘어놓는 수다쟁이 SF 『마션』의 도입부에서는 강력한 태풍이 몰아쳐 주인공이 고립되는데, 대기가 옅은 화성에서는 이런 일이 일어날 수 없다고 작가인 앤디 위어가 직접 시인하기도 했다.

하드 SF로 분류되는 작품들이 보다 엄밀한 과학 이론과 방법론을 활용하는 것은 사실이다. 하지만 하드 SF라 하더라도 있는 그대로의 과학을 이야기로 옮기는 것은 아니다. 엄밀한 과학만을 이야기에 담아야 한다면 작가는 첫 문장에서 한 걸음도 떼지 못할 것이다.

---

15 양자역학에서는 입자의 상태가 확정되어 있지 않다는 것이 가장 주요한 이슈이다. 이러한 현상에 대해 여러 해석이 존재하는데, 코펜하겐 해석은 '입자가 확률적으로만 존재하다 관측되는 순간 상태가 확정된다'는 입장을 취한다. 관측으로 상태가 확정되는 것을 수학적으로는 파동함수가 수축한다고 표현하는데, 도무지 무슨 소리인지 알 수가 없다.

사실 우리는 과학에 대해 아무것도 모른다. 세상에 존재하는 거의 모든 과학 이론은 후대의 학자들에 의해 수정되거나 반박되어 왔고, 아마 그건 앞으로도 마찬가지일 것이다. '엄밀한 과학'이라는 기준은 우리가 영원히 도달할 수 없는 이데아에 불과하다. 칼 포퍼가 말했듯 과학에는 언제나 반증 가능성이 내포되어 있기 때문이다.

스타워즈는 스페이스 판타지다
스페이스 오페라는 SF가 아니다

솔직히 이런 류의 주장들은 답할 가치도 없다고 생각한다. "○○는 SF가 아니다", "○○만이 진짜 SF다" 같은 말들, 이제는 좀 지겹지 않은가? 이것저것 다 제외해 버리면 대체 SF에 뭐가 남는단 말인가?

SF는 새로운 세상에 대한 비전을 제시해야 한다

의외로 SF 전문가들 입에서 이런 이야기가 자주 나온다. SF의 거장들이 미래에 대한 진보적 혜안을 전했고 새로운 철학적 지평을 열었으니, 앞으로의 SF도 그래야 한다는 것이다. 이런, 안타깝지만 SF 걸작들이 대단한 비전을 제시했던 건 그걸 만든 사람이 위대한 거장이었기 때문이지 SF의 장르적 특성과는 무관하다. 그들은 다른 장르에 속했더라도 위대한 무언가를 남겼을 인물들이다.

왜 SF에 대해서만 이런 호들갑을 떠는 걸까? 미스터리는 악의 발생을 탐구하기 위한 사회학적 도구인가? 호러는 공포의 성질과 죽음을 해석하는 수단인가? 로맨스는 사랑의 본질을 이해하려는 철학적 시도인가? 그럴 리가. 그냥 재미

있는 이야기일 뿐이다. SF에도 너무 많은 것을 요구하지 않았으면 좋겠다. SF는 인류의 비전을 추구하기 위한 장치도, 윤리와 지성을 논하기 위한 도구도 아니다. 그건 이 장르에 대한 지나친 숭상이다. 많은 사람들이 그저 즐겁기 위해 SF를 소비한다. 그럼 왜 안 되는가? 그냥 즐거우면 왜 안 되는가? 나는 일부 SF 팬들의 선민의식에 진절머리가 난다.

사람들은 첫걸음을 뗀 거장들만을 이야기한다. 하지만 내가 오히려 관심을 갖는 것은 거장들의 뒤를 따라 지켜울 만큼 반복된 이야기의 패턴 그 자체다. 그것이야말로 우리를 즐겁게 하는 원천이기 때문이다. 무수한 작가들이 반복하고 또 반복하며 이야기를 조금씩 더 흥미롭게 다듬는 과정은 마치 훈련을 거듭해 완벽에 다다르는 메달리스트의 모습과 닮아 있다. 반복. 장르의 본질은 바로 거기에 있다.

나는 그들이 펄프 소설을 무시하지 않았으면 좋겠다. 말초적 재미를 추구한다는 비난은 재미없는 이야기밖에 만들지 못하는 자들의 질투일 뿐이다. 픽션은 이야기이고, 이야기의 본질은 즐거움이다. 이야기는 일단 재미있어야 한다. 재미와 쾌락 없이 무엇 때문에 소설을 읽고 영화를 본단 말인가? 그럴 거면 논문을 읽는 게 낫지. 그런 의미에서 나는 「벨제붑」의 직선적인 추락 구조를 사랑한다. 『노인의 전쟁』의 밀리터리 액션이 좋다. 《총몽》이 제공하는 말초적 자극에 중독되었고, 『타이거! 타이거!』가 그려 내는 역동성에 홀려 있다. 왜? 재밌으니까.

어떤 식으로 SF를 즐기든 그건 우리의 자유다. 최첨단 과학기술에 놀라든, 치밀한 암투와 논리 전개에 감탄하든, 화려한 특수효과와 눈요기를 즐기든, 심지어 전쟁과 폭력조차 우리가 픽션을 소비하는 하나의 방식이 될 수 있다.

SF는 아무것도 제시할 필요가 없다.

SF=공상과학

이 이야기를 여기서 또 반복하면 아마 속이 곪아 터져서 병을 얻을 작가분들을 몇 명 알고 있다. 그러니 뻔한 이야기는 짧게 끝내기로 하자. SF를 '공상과학'으로 번역하면 안 된다. '공상'이라는 단어를 혐오와 비하의 의미로 받아들이는 사람들이 있기 때문이다.

그렇지만 이 주제를 이렇게만 끝내긴 아쉽지.

십 수 년간의 노력에도 불구하고 도대체 '공상과학'이라는 단어는 왜 박멸되지 않는 걸까? 이 문제에 대한 내 입장은 이렇다. 그간 '공상과학'에 대해 우리가 취해 온 대응 전략에는 뚜렷한 한계가 있었다. 바로, SF를 마땅히 대체할 한국어 단어가 없다는 점이다. 뭐든 한국어로 순화하기를 선호하는 사람들 입장에서는 딱히 공상과학 외에 쓸 만한 단어가 없는 것이다.

이에 대해 한국 SF계, 특히 내가 소속되어 있기도 한 단체인 '한국과학소설작가연대'에서는 '과학소설'이라는 용어를 줄곧 주장해 왔다. 하지만 SF에는 소설만 있는 것이 아니다. 이 제안이 범용성을 지니려면 다른 매체들에도 동일한 규칙이 적용될 수 있어야 한다. 한번 적용해 볼까? 과학영화, 과학 드라마, 과학 연극, 과학 게임… 음, 아무래도 이건 좀 아닌 것 같다. 너무 교육적인 냄새가 난다. 게다가 SF를 '과학'이라는 단어로 대체한다면 SF가 과학에 종속된 장르라는 또 다른 오해를 불러올 여지도 크다.

조금 멋을 부릴 줄 아는 사람들이 제안하는 용어로는 '사변 소설(Speculative Fiction)'이 있다. 하지만 이 용어를 사용하게 되면 우리가 흔히 생각하는 SF의 경계를 넘어 판타지와 호러까지 포함될 소지가 있다. 게다가 솔직히 나는 아직도 '사변'이라는 단어의 뜻을 잘 모르겠다. 대중적인 용어로 활용하기에는 너무 어렵다는 의미다.

결국 SF는 SF로 남아 있을 수밖에 없는 것이 작금의 현실이고, 안타깝지만 "공상과학 쓰지 마세요!"라고 쏘아붙이는 게 우리가 취할 수 있는 전략의 전부인 셈이다. 어디선가 선지자가 나타나 탁월한 혜안으로 새로운 우리말 용어를 제안해 주신다면 얼마나 좋을까.

한국은 SF 불모지다

오, 안심하시라. 한국 SF 작가들에게도 눈썹과 머리털이 난다는 사실을 내가 두 눈으로 직접 확인했다. 심지어 수염이 자라는 분들도 계신다.

세계가 돌이킬 수 없는 상태로 바뀌는 이야기다

많은 사람들이 판타지와 SF를 비교하며 이런 표현을 쓰곤 한다. 판타지는 '세계를 원래 상태로 복원하는 이야기'이며, SF는 '세계를 돌이킬 수 없는 상태로 변화시키는 이야기'라고.

하지만 나는 이 의견에 동의하기 어렵다. SF의 대표작인 〈스타워즈〉부터가 거대한 제자리걸음이 아니었던가? 이 시리즈는 아나킨의 탄생으로 시작해 우주가 다시 원래의 균형을 되찾기까지의 과정을 여섯 편의 영화로 그려낸다. 〈백

투 더 퓨처〉도 전형적인 '갔다가 돌아오는 이야기'다. 주인
공 마티는 과거로 갔다 돌아오는 과정에서 상처를 치유하고
가족과 화합한다. 소소한 변화는 있을지언정 세계가 통째로
뒤바뀌는 이야기는 아니다. 「관내분실」이나 「정적」 같은 최
신 SF들도 마찬가지다.

반면 『반지의 제왕』에서는 사우론이라는 거악으로 인해
세계가 돌이킬 수 없는 상태로 망가져 버린다. 엘프들은 중
간계를 떠났고 호빗들에게는 깊은 전쟁의 상흔이 새겨졌다.
『드래곤 라자』의 결말에서 드래곤 아무르타드과 인간 사이
의 관계는 새로운 국면을 맞이한다. 『눈물을 마시는 새』의
세계는 아주 거대한 관점에서 세계를 복원하는 이야기로 볼
수도 있으나, 후속작인 『피를 마시는 새』는 확연히 세계가
변화하는 이야기였다. '어스시 시리즈'의 최종편인 『또 다
른 바람』에서도 세계는 확연히 변화한다.

시작과 끝에서 아무것도 바뀌지 않는 이야기는 오직 루
프물뿐이지 않을까? 어느 장르에서건 이야기 속 세계와 인
물은 사건을 겪으며 조금씩 새로운 존재로 변모하기 마련이
다. 변화가 SF만의 대단한 특징은 아니라는 뜻이다.

SF는 정치적이다. 진보 성향이다

1980년대 말, 〈스타트렉〉의 두 번째 시리즈인 〈스타트
렉: 넥스트 제너레이션〉이 한창 제작 준비 중이던 시기, 한
인물이 제작진 앞에서 역사적인 오디션을 보게 된다. 이 배
우의 이름은 패트릭 스튜어트. 그는 그때도 대머리였다. 그
의 연기는 무척 훌륭했지만, 제작진은 난색을 표했다. 왜냐
면 대머리였으니까. 모두가 그를 주인공으로 캐스팅하는 일

에 우려를 표했다. 하지만 그 순간, 시리즈의 총책임자인 진 로덴베리가 이런 말을 남겼다고 한다.

"24세기잖아, 대머리인 게 뭔 상관이야?[16]"

맞다. 어떤 의미에서 SF는 진보적이다. 우리가 진보적이라 말하는 것들이 미래엔 당연한 일이 될 테니까. 미래가 지금보다 퇴보한 사회라면 너무 슬프지 않나? 인류는 적어도 지금보다는 좀 더 예의 바르고, 약자에게 친절하며, 소수자들의 다양성을 포용할 줄 아는 어른이 되어야 하지 않을까? 탁월한 작가들이 세상의 아픔을 예민하게 읽어 내고, 더욱 진보적인 시선을 갖게 되는 것은 어쩌면 당연한 일이다.

하지만 어떤 의미에서 SF는 보수적이다. 본래 SF가 백인 남성들의 전유물이었다는 사실을 아는가? 펄프 잡지 시절 SF의 대부분은 대항해시대를 우주로 옮겨 놓은 백인 남성 모험담이거나 제국주의 향수에 찌든 전쟁광들의 이야기였다. 여성들은 그들의 들러리인 경우가 대부분이었고.

최근이라고 다를까? 2015년 류츠신의 『삼체』가 휴고 상을 수상한 원인 중 하나는 사라 모넷의 『고블린 엠퍼러』에 대한 조직적인 사보타주 덕분이었다. 이런 굉장한 상에 사보타주 시도가 일어났다는 사실도 한심하기 짝이 없지만 사보타주가 벌어진 이유는 더 가관이다. 여성 작가들이 휴고 상을 오염시키지 않도록 막아야 하기 때문이란다. SF가 윤

---

16 스타트렉의 비화를 다룬 다큐멘터리 〈함교 위의 혼돈〉에 나온 내용. 원 표현은 "24세기잖아. 아무도 대머리는 신경 안 쓸걸(no one will care)"이었는데, 뉘앙스를 살리기 위해 약간 과장해서 적어 보았다.

리와 지성의 장르라고? 미래에 대한 비전이 어떻다고?

한국과학문학상의 공모전 심사평에는 매년 반복되는 한 가지 표현이 있다. 제발 노골적인 혐오와 폭력을 작품에 담지 말아 달라는 문구다. 어쩌면 SF의 진짜 모습은 추하고 야만적인 얼굴을 하고 있는지도 모른다. 단지 몇 차례의 검증으로 걸러진 탁월한 작품들만이 세상에 공개되기에 추악한 부분이 겉으로 드러나지 않는 것뿐일지도.

그런 의미에서, 한국의 많은 SF 작가님들이 선한 영향력을 실천하고 계신 것은 정말로 다행스러운 일이다. 하지만 전적으로 우연의 산물이려니 생각한다. 적어도 SF라는 장르의 특성 때문은 아닐 것이다.

세상의 보수주의자들이여, SF를 너무 미워하지 말아 주시길. 어차피 SF는 정치의 도구가 될 수 없다. 몇 권의 글줄이나 한두 편의 영화 정도로 바뀔 만큼 세상은 호락호락하지 않기 때문이다. 세상은 오직 실천하고 행동하는 사람들에 의해서만 변화될 수 있다는 사실을, 우리 모두는 알고 있다.

나는 손이 없다
그리고 나는 글을 써야 한다

삶은 도화선이며 죽음은 폭약이었다. 매 순간 삶이 불꽃으로 타들어 가는 모습을 바라보며, 나는 무언가라도 써야 한다는 강박에 사로잡히곤 했다. 글을 쓰지 못한다면 나는 아무것도 아니라고 생각했다.

돌이켜보면 내가 추구했던 것은 '소설'이라기 보다는 '이야기'였다. 이야기를 만들 수만 있다면 도구는 무엇이든 좋았다.

처음 손을 댔던 것은 만화였다. 고등학교 3년 내내 나는 만화가를 꿈꿨다. 학교에 만화 동아리를 만들기도 하고, 동인지를 제작하기 위해 방학 내내 매달렸던 적도 있었다. 하지만 결국 실패했다. 그리던 만화는 완성하지 못했고, 아무리 노력해도 도무지 내 그림 실력은 늘질 않았다.

다음으로 관심을 갖게 된 건 게임이었다. 중학교 3년 내내 C언어를 배운 덕분이었다. 부모님은 내가 프로그래밍을 활용해 KAIST에 입학하기를 바라셨던 모양이지만(당시엔 올림피아드 전형이라는 입시제도가 있었다), 솔직히 나는 그런 일에는 관심이 없었다. 내 손으로 [울티마 온라인] 같은 게임을 만들어 보고 싶었을 뿐이었다. 나는 MFC 라이브러리[17]를 공부하는 대신 Direct X[18]에 파고들었다.

---

17 Microsoft Foundation Classes 라이브러리란 프로그래머들이 일하기 쉽게 도와 주는 프로그램 코드 모음집 같은 것이다. MFC는 윈도우즈용 응용프로그램을 쉽게 제작할 수 있도록 마이크로소프트에서 직접 제공하는 라이브러리다.

18 윈도우즈의 멀티미디어 처리에 특화된 라이브러리로, 주로 게임 제작에 활용한다.

만화를 포기하기로 마음먹었던 고3 시절, 나는 한 가지 소식을 듣게 된다. 'GP32'라는 국산 휴대용 게임기가 곧 출시될 것이며, 누구나 그 기계에서 구동되는 게임을 만들 수 있다는 거였다. 게다가 놀랍게도 GP32의 SDK[19]는 Direct X 와 거의 흡사한 구조를 갖고 있었다.

수능 시험을 마친 당일 저녁, 나는 곧장 서점으로 달려가 두툼한 게임 제작 입문서를 두 권이나 구입했다. 물론 GP32는 이미 입수한 지 오래였다. 시험 삼아 몇 가지 간단한 코드를 작성해 기계에 집어넣자 원하는 대로 그래픽이 표출되었다. 가능했다.

나는 부모님께 호기롭게 선언했다. 대학에 들어가면 1년간 휴학할 작정이라고. 목표하던 대학에 합격했지만 신입생 오리엔테이션도 하기 전에 곧장 휴학계를 냈다. 뭔가 해 보기도 전에 지루한 경영학을 배우며 자격증 시험이나 준비하고 싶진 않았다. 왠지 지쳐 있기도 했었고.

또래 아이들이 대학에 입학해 첫 강의를 듣기 시작할 즈음, 나는 GP32용 게임을 만들 아마추어 팀을 결성했다. 내 담당은 기획, 프로그래밍, 시나리오였다. 물론 아마추어 팀이 으레 그렇듯 나머지 역할도 조금씩은 할 줄 알아야 했다. 여담이지만 이때의 경험은 후에 직장 생활을 하는 데 큰 도움이 된다. 엑셀 작업은 사실 일종의 프로그래밍이며, 파워포인트는 제한된 자원을 활용한 눈속임이라는 점에서 게임의 연출 기법과 많이 닮아 있다.

---

19 Software Development Kit. 소프트웨어 개발을 위해 운영체제에서 제공하는 개발 도구이다.

팀은 간단한 미니 게임을 두 편 정도 제작한 다음, 드디어 목표했던 게임을 본격적으로 만들기 시작했다. 〔듀얼! 파파야 파라다이스!(Duel! Papaya Paradise!)〕라는 제목의 횡스크롤 액션 게임이었다. GP32 최대 히트작인 〔그녀의 기사단〕과 당시 내가 푹 빠져 있었던 〔ICO〕라는 게임을 결합한 기획이었는데, 줄거리는 대략 이렇다.

하와이를 닮은 정체불명의 섬 '파파야 파라다이스'에는 어떤 심부름이든 해결해 주는 특별한 회사가 있다. 이 회사의 사장은 오뚜기를 닮은 인공지능 로봇이며, 어째서인지 정수리엔 방사능 마크가 있다. 플레이어는 특수부대 출신의 팔극권 무술가, 한복을 입은 만성 빈혈 흡혈귀, 정장 차림의 회사원과 외계인 듀오 중 하나를 골라 임무를 수행해야 한다. 그들에게 주어진 임무는 '코코아'라는 아이를 보호하는 것. 우리의 주인공은 천 년 만에 깨어나 시민권을 달라며 시위하는 미라들, 외지인들에게 섬을 팔아넘기고 흥청망청 자본주의에 찌든 원주민들, 그리고 더듬이가 달린 외계인들에 맞서 싸우며 코코아를 지켜야 한다. 그리고 밝혀지는 진실. 맙소사! 코코아의 정체는 UFO의 핵심 부품이었다! 처음부터 끝까지 패러디로 가득 찬 엉망진창 스토리지만, 뭐, 대충 이런 이야기였다.

결론적으로 프로젝트는 완성되지 못했다. 경험 없이 부딪친 아마추어들의 한계랄까. 공정 관리도 제대로 되지 않은 채 새로운 아이디어만 끊임없이 덧붙여 간 탓에 게임은 1년이 지나도록 첫 번째 스테이지밖에 완성되지 않았다. 즐거운 경험이었지만, 동시에 엄청난 좌절이기도 했다.

창작을 손에서 놓은 나는 심한 우울증을 앓으며 무기력하게 학교로 복학했다. 원래 목표였던 자격증 공부도 몇 년간 이어 갔지만 성과는 딱히 없었다. 하지만 아이러니하게도 이때야말로 내가 SF에 깊게 빠져들기 시작한 시기이기도 하다. 나는 르 귄을 알게 되고, 도서관에 파묻혀 현실을 잊고 하루에 두 권씩 책을 읽어 댔다.

새로운 책을 펼칠 때마다 나만의 이상적인 결말을 상상하곤 했다. 하지만 책들은 언제나 내가 원하는 결말까지 도달해 주지 않았다. 유행하는 이야기에는 일정한 패턴이 존재했고, 대부분의 작품들은 안전한 결말만을 반복하고 있었다. 그러니 직접 쓰는 수밖에.

결국 나는 직접 소설을 쓰기 시작했다. '파파야 파라다이스'의 진지했던 초기 설정을 당시 유행하는 라이트노벨 스타일로 각색한 이야기였는데, 줄거리는 이렇다.

'잊혀진 밤의 왕국'이라는 나라에는 '세나린'과 '스티지아'라는 공주 자매가 살고 있다. 이 왕국은 우주의 프로토타입 같은 공간으로, 중력은 아래로 향하는 힘이며 모든 자연 현상은 의인화되어 있다. 예를 들어 '겨울'이라는 인물이 있는 곳에 눈이 내리며, '바람'이라는 인물을 따라 바람이 분다. 세나린과 스티지아는 각각 태양과 달을 상징한다. 하지만 어느 날 신의 변덕으로 잊힌 밤의 왕국은 무너지고, 세나린과 스티지아는 서로 헤어진 채 왕국을 떠나 우주를 떠돌게 된다.

우주의 창조주인 신은 사악한 독재자다. 그는 추종자들에게 초능력을 부여해 마음대로 사람들을 유린한다. 세나린은 신의 저주로 개와 고양이가 반씩 섞인 모습이 된 '우르핀'이라는 소년과 함께 '원더랜드 호'라는 우주선을 타고 신의 유일한 대적자 '프로메테우스'가 유배된 '지구'라는 행성을 찾아 떠난다. 악명 높은 우주 해적이 된 스티지아는 매번 동생이 위기에 빠질 때마다 깜짝 등장해 그녀를 보호한다. 참, 스티지아는 두 명이다. 평행우주에서 한 명이 넘어왔기 때문이다.

아무튼, 복잡한 여행 끝에 세나린 일행은 지구에 도착한다. 하지만 그곳은 진짜 지구는 아니다. 지구를 똑같이 모사한 가짜 행성. 세나린은 프로메테우스의 안내를 받아 신이 살고 있는 낡고 좁은 집에 도착하고, 그의 정체를 알게된다. 신은 그저 지질한 오타쿠일 뿐이다. 이야기 속 세계는 모두 그의 망상이었고. 세나린은 신이 머릿속에서 창조해 낸 상상의 인물일 뿐이었다.

하지만 이야기를 만들어 본 사람은 알 것이다. 내가 창조한 인물이 결코 내 마음대로 움직이지 않는다는 것을. 세나린은 신에 대항해 자유를 얻는다. '존재감'이라는 무기로 신의 통제를 벗어나 자유롭게 행동한다. 신은 폭주하고, 이야기는 끝을 맺는다….

안타깝게도 이 이야기는 파일을 전부 잃어버렸다. 하지만 친구의 삽화가 포함된 첫 편만은 지금도 출력물로 보관하고 있다.

나는 또 다른 소설도 한 편 썼다. 태양계를 배경으로 '여신'이라는 이름의 거대 로봇들이 등장하는 이야기다. 주인공 '은희'는 왕따를 당하는 고등학생 소녀다. 어김없이 한 무리의 아이들에게 괴롭힘을 당하던 어느 날, 학교 운동장에 '증오'라는 이름의, 온몸이 가시로 꿰뚫린 거대한 로봇이 추락한다. 은희는 강한 운명을 느끼며 로봇에 탑승한다.

하지만 그건 함정이었다. 은희는 '어떤 자'의 군대에 끌려가 착취당한다. 명왕성 너머에서 은희는 탈출을 시도하고, 그녀를 쫓는 것은 그녀를 괴롭혔던 아이들이다. 토성-목성-소행성대-화성을 거치며 은희는 적들을 무찌르고 조금씩 정신적으로 성숙한다. 저항 세력의 리더와 만나 위로와 치유를 얻기도 한다. 리더가 탑승한 로봇의 이름은 '아픔'이다. 우리 모두의 유일한 공통점, '아픔'이 서로를 하나로 이어 주리라. 은희는 태양 속에서 창조의 힘을 얻고, 끝내 '어떤 자'를 물리친다.

그렇게 몇 년이 흘렀다. 결국 자격증 시험에 실패한 나는 다시 한 번 게임에 도전했다. 이번엔 여성 3인조가 주인공인 서부극 SRPG. 마을의 보안관과 그녀의 시니컬한 조수, 그리고 수녀인 척 행세 중인 은행강도. 세 사람은 동료를 모아가며 원주민과 풋볼 시합을 하고, 금광을 개발하려는 자본가의 사천왕 수하들과 맞서 싸우고, 진정한 흑막인 안드로메다 외계인들을 물리친다. (이게 뭔 줄거리야?) 물론 이번에도 완성하진 못했다.

두 번째 게임 제작이 실패하자 나는 본격적으로 SF를 쓰기 시작했다. 왜 하필 SF를 쓰게 되었는지에 대해서는 사실 잘 모르겠다. 어린 시절 글짓기 수업에서 처음 썼던 소설도 외계인에게 납치된 우주선 승무원들의 이야기였으니, 내 몸 속엔 SF를 좋아하는 본능이라도 흐르고 있는 모양이다. SF라는 자각은 없었지만, 내 이야기는 언제나 SF에 가까웠던 것 같다.

만화나 게임이 아닌, 소설이라는 매체에 정착하게 된 것은 순전히 경제성 때문이었다. 같은 이야기를 단편 소설로 작업한다면 한 달이 걸리지만, 만화로 연재한다면 1년, 영화나 게임으로 제작한다면 그보다 훨씬 긴 시간이 소요된다. 비용은 말할 것도 없고. 하고 싶은 이야기가 많았던 나에겐 글쓰기가 가장 효과적인 창작 도구였다.

이즈음 내가 도전했던 이야기들은 대개 듀나를 흉내 낸 습작이거나, 배명훈, 곽재식 스타일의 유쾌한 활극이었다. 대부분 처참한 수준이라 컴퓨터 안에 감춰 두고 혼자만 가끔 꺼내 읽곤 하는데, 딱 한 편은 지금도 읽어 보실 수 있다. 온라인 플랫폼 브릿G에 공개한 「적멸의 경계에서」라는 단편이다. 이 단편은 2011년에 초고를 썼고 2018년에 다시 다듬었는데, 젠더 문제에 한창 몰두해 있던 시기의 고민을 꾹꾹 눌러 담은 이야기다. 기교적으론 많이 미숙하지만 진심만은 확실한 이야기이니 한 번 읽어 보시기를 추천드린다. 너무 큰 기대는 하지 마시고.

SF를 쓰는 일은 정말 즐겁다. 하지만 구체적으로 어떤 점이 즐겁냐고 묻는다면 나는 답을 하기가 어렵다.

"세계를 창조하는 색다른 경험이니까."

"내 취향에 꼭 맞는 이야기를 즐길 수 있으니까."

"나를 스스로 위로하고 상처를 치유할 수 있어서."

몇 가지 문장을 떠올려 보긴 했지만 좀처럼 와닿질 않는다. 말로 풀어 내는 순간 전부 꾸며 낸 거짓말처럼 느껴지고 마는 것이다.

새로운 이야기를 구상하는 짧은 기간 동안, 나는 매번 내 영혼의 본질에 닿은 듯한 기분이 된다. 그 순간처럼 행복한 기분을 느끼는 경우는 글쓰기 외의 활동에서는 좀처럼 느끼기가 쉽지 않다. 홈런 타자는 공이 배트에 맞는 순간 담장을 넘어갈 것을 이미 안다고 하는데, 어쩌면 그 찰나의 감정과 비슷하지 않을까? 겪어 보지 않아 잘 모르겠지만.

하지만 이상적인 포물선을 그리던 구상은 현실의 문자로 실현되는 동안 조금씩 의미가 윤색되고 탈락되어 점점 다른 궤적을 그리기 시작한다. 나는 어떻게든 최초의 이미지를 사수하기 위해 발버둥 치지만, 필연적으로 이야기는 전혀 다른 지점으로 흘러가게 된다. 그래서 소설을 쓰는 일은 언제나 괴롭다. 내 영혼의 본류로부터 미끄러지는 행위의 영원한 반복이기에. 천상의 아름다움은 결코 하계의 언어로 구현될 수 없는 것이기에.

그렇게 수년간 여러 편의 SF 단편을 썼지만 딱히 성과는 없었다. 어떻게 하면 내 글을 출판할 수 있는지, 어디에 가야 내 글을 읽어 줄 사람들을 만날 수 있는지 알지 못했기 때문이었다. 당시엔 SF 공모전도 전무한 상황이었다. 가끔 '환상문학웹진 거울'의 독자 단편 게시판에 글을 올려 미지근한 반응을 확인하는 정도가 내가 할 수 있는 전부였다. 나는 조금씩 지쳐 갔다.

결국 나는 글쓰기를 멈추었다. 어느새 나는 직장 생활을 시작했고, 사랑하는 연인을 만났으며, 결혼을 하고 아이를 갖기까지 수많은 일들을 겪으며 조금씩 SF와 멀어졌다. 글쓰기를 포기한 채 새로 등장하는 작품들만을 소비하며, 문화 향유자로서의 나날을 이어갈 뿐이었다. 가끔 『노인의 전쟁』이나 『히페리온』 같은 작품을 읽으며 감탄하거나, 〈스타워즈〉 신작에 열광하고 〈인터스텔라〉를 보며 눈물을 흘리는 정도가 나와 SF 사이에 벌어지는 사건의 전부였다.

그렇게 10년간, 나는 우주의 가장자리로 조금씩 밀려 나갔다.

하지만 결코 끈을 놓지 않았다. 아니, 놓을 수가 없었다. 이 장르를 너무나 사랑하게 되었으니까. 여전히 사랑하고 있었으니까. 결국 나는 다시 글을 쓰기 시작했다.

계기는 할아버지의 장례였다. 처음으로 가까운 사람의 죽음을 경험한 나는 도저히 '죽음'이라는 개념을 받아들일 수가 없었다. 죽음이라는 것이 왜 세상에 존재해야 하는지 이해하기 어려웠고, 죽음이 삶의 일부라 말하는 무리를 마구잡이로 증오했다. 막대한 부와 책임을 가졌음에도 무책임하게 죽음의 문제를 방기하는 자들이 원망스러웠다.

바로 그때였다. 한없이 영생에 집착하는 회장님의 아이디어가 떠오른 것은.

나는 홀린 듯 글을 쓰기 시작했다. 죽음을 정복하는 회장님의 이야기는 이후 3년이라는 세월을 거쳐 단편으로, 다시 중편으로, 이윽고 한 권의 장편 소설로 완성된다. 바로 『테세우스의 배』라는 작품이다. 그 과정에서 나는 「꼬리가 없는 하얀 요호 설화」라는 단편이 공모전에 당선되어 데뷔의 문턱을 넘기도 했다. 그 덕에 『테세우스의 배』도 출간할 수 있었고, 다행스럽게도 두 데뷔작의 반응이 나쁘진 않았던지, 지금 이렇게 에세이를 쓸 기회도 생겼고, 몇 편의 차기작도 준비 중이다.

작가가 된 후로 나는 빠르게 과거로 회귀하고 있다. 만화를 그리던 10대 시절로, 게임을 만들던 20대 시절로, 마음껏 취향을 향유하고 감정을 표현할 수 있었던 그때로 조금씩 되돌아가고 있다. 직장에 파묻혀 생존을 위해 꾹꾹 억눌러두기만 했던 다채로운 창조의 욕망들이 다시금 풀려나고 있음을 느낀다.

포기를 거듭해 온 나는 오랜 체념으로 가득 차 분노조차 알지 못했다. 하지만 이제는 옳지 않은 일에 분노할 수 있고, 아파하는 사람들의 슬픔에 공감할 수 있다. 내 안에 점점 눈물이 많아지는 걸 느낀다. 나는 앞으로 더 큰 사랑과 고마움을 이해할 수 있으리라.

이렇게,
나는 SF 작가가 되었다.

분명 좋은 일일 것이다.

마무리,
SF를 즐기는 이들에게

조지프 캠벨의 『천의 얼굴을 가진 영웅』에 따르면 고전적인 영웅 민담에서 주인공은 마을을 떠나 새로운 세계로 여행을 나서고, 조력자의 도움과 방해자의 유혹, 그리고 거대한 시련을 거친 끝에 원래의 마을로 귀환한다.

미르치아 엘리아데의 『성과 속』에서도 비슷한 구절이 나온다. 우리는 세계를 둘로 구분한다. 속된 일상의 공간과 성스러운 신비의 공간. 영웅은 속된 공간을 떠나 성스러운 체험을 하고, 다시 속된 공간으로 돌아온다. 귀환의 결과 세계는 치유되고 영웅은 성장한다. 오쓰카 에이지는 이런 패턴을 두고 '갔다가 돌아오는 이야기'라 일컫는다.

갔다가 돌아오는 이야기. 우리가 장르를 대하는 태도도 어쩌면 이와 비슷한 것인지도 모르겠다. 우리는 매번 성스러운 장르의 세계로 떠나 유혹을 이겨 내고 살아 돌아온 영웅들이다. 힘겹게 하루를 버틴 당신은 언제든 SF의 세계를 여행할 자격이 있다.

더 많은 사람들이 이 사랑스러운 장르에서 위안과 치유를 얻었으면 좋겠다. 적어도 힘든 현실을 잊고 잠시나마 이야기의 재미에 흠뻑 빠져 즐길 수 있었으면 좋겠다. 사람들이

SF라는 장르에 조금 더 쉽게 다가서기를 바라는 마음으로 나는 이 책을 썼다.

SF를 마주하는 모든 이들이여, 이제는 부디 마음속 긴장과 부담을 내려놓으시길. SF의 계보를 거창한 무언가로 분석하고 치장하는 일은 전문 평론가들에게나 맡기면 될 일이다. 문화 향유자인 우리가 그런 복잡한 내부의 작동 구조까지 이해할 필요는 없다.

당신은 그저 취향에 맞는 이야기를 찾아 즐기면 된다. 어려우면 어려운 대로, 쉬우면 쉬운 대로. 억지로 이해하기 위해 노력하지 않아도 좋다. SF 장르 전체를 받아들일 필요도 없다. 좋아할 수 있는 부분만 좋아해도 충분하다. 다가설 수 있는 만큼만 다가서도 충분하다. 이야기의 본질은 즐거움이며, 우리 삶의 궁극적 목적은 행복이니까.

자, 당신이 바라는 SF가 여기 준비되어 있다. 오직 당신의 행복을 위해.

부록1

SF 소백과사전

스페이스 오페라

스페이스 오페라는 우주를 배경으로 한 모험과 전쟁 이야기다. 이 서브 장르의 전통은 근 100년에 달하고, 작가들은 세상에 존재하는 거의 모든 종류의 이야기를 우주로 옮겨 놓았다.

우리의 주인공들은 은하계에 여섯 개뿐인 보석을 찾아 나설 수도(《어벤져스》), 고도의 첩보전을 벌일 수도(『황금의 배가 오! 오! 오!』), 고리 모양의 인공 행성을 탐사할 수도(『링월드』), 신을 자처하는 외계인들과 전쟁을 벌일 수도(《스타게이트》), 시간 여행을 할 수도(『수즈달 중령의 범죄와 영광』), 고향 행성을 찾아 여행을 떠날 수도(〖홈월드〗), 야만인과 사랑에 빠질 수도(『명예의 조각들』), 전쟁 영웅이 될 수도(『은하영웅전설』), 파업을 할 수도(『우주가 멈춘다!』), 용병단의 두목이 될 수도(『전사 견습』), 제다이가 될 수도(《스타워즈》), 무역선을 타고 한탕 크게 챙길 수도(『대우주시대』), 해적이 될 수도(《우주해적 캡틴 하록》), 현상금 사냥꾼이 될 수도(《카우보이 비밥》), 심지어 우주 격투 대회에 참가할 수도 있다(《총몽》). 심지어 〈스타트렉〉의 주인공들은 이 모든 일을 한 번쯤 겪는다.

결국 우주에서도 사람 사는 꼴은 비슷비슷한 모양이다.

앤서블(Ansible)

어슐러 K. 르 귄이 창조한 이 개념은 SF의 규칙을 설명하기에 가장 알맞은 예시다. 한 사람이 창조해 낸 고유한 개념이 여러 작가들 사이에서 널리 통용되며 이제는 공통의 규칙으로 자리 잡은 사례이기 때문이다.

앤서블은 르 귄의 초기작인 『로캐넌의 세계』에서 처음 등장했다. 이 장치는 상대성 이론이 규정하는 모든 물리적 제약을 뛰어넘어 즉각적인 통신이 가능하도록 만드는데, 아무리 멀리 떨어져 있는 상대에게도 시간 지연 없이 메시지를 전달할 수 있다.

어떻게 이런 기술이 가능할까? 글쎄, '동시성의 상수'가 무슨 뜻인지는 창조자인 르 귄조차 모르지 않을까? 르 귄의 작품 어디에도 앤서블의 원리에 대한 구체적인 설명은 나오지 않는다. 과학적인 근거는 없다고 보는 편이 옳을 것이다.

"그건 무엇이오?"

"앤서블 교신기입니다, 폐하."

"라디오인가요?"

"앤서블은 무선전파 에너지를 사용하지 않습니다. 작동하는 원리는 동시성의 상수에 의한 것으로 중력과 어느 정도는 유사합니다만….."

－『어둠의 왼손』 61p, 어슐러 K. 르 귄, 서정록 옮김, 시공사

광활한 우주에서 고도의 문명 세계가 유지되려면 빛의 속도를 넘어서는 통신수단이 반드시 전제되어야 한다. 때문에 많은 SF 작가들이 자신의 작품에 앤서블의 개념을 차용했다. 앤서블을 직접 언급하지 않더라도 이와 비슷한 장치를 고안하거나, 은근슬쩍 통신이 가능한 것처럼 넘어가기도 한다. 앤서블을 활용한 가장 대표적인 작품은 『엔더의 게임』이다. 스포일러 때문에 자세한 언급은 할 수 없으나 이 탁

월한 소설은 앤서블 없이는 결코 성립되지 않는다. 「카이와 판돔의 번역에 관하여」에서도 앤서블이 주요한 통신 장치로 등장하며, 『대리전』에는 앤서블을 뇌에 이식한 사람들이 등장하는데, 이를 통해 머나먼 우주의 외계인들이 지구인의 몸에 빙의하듯 방문한다. 처음엔 분명 단순한 체험 관광이었지만 종국에는….

로켓 / 성간 우주선

SF의 세계에서 로켓은 매우 불안정하고 위험한 이동수단에 속한다. 실상 의자가 달린 거대한 미사일일 뿐이기 때문이다. 하지만 현대 혹은 가까운 미래가 배경이라면 로켓은 지구를 벗어날 유일한 도구다.

지구를 벗어나 다른 행성을 자유롭게 오가려면 그보다 뛰어난 우주선이 필요하다. 통상적으로 이러한 우주선은 매우 크고 무겁기 때문에 지표면에서 발사되기 어렵다. 대기권에서 조립이 이루어진 후 연료를 채우고 여행을 떠나게 될 가능성이 높다.

행성 간 우주선의 추진 기술로는 대표적으로 '이온 엔진'이 있다. 이온 엔진은 제논 등의 입자를 이온화하여 뿜는 기술로, 매우 약한 힘을 내지만 아주 오래도록 꾸준히 가속할 수 있어 결과적으로 화석 연료보다 훨씬 빠른 속도를 얻는다. 전자 돛을 펼쳐 '태양풍'을 받아 나아가는 기술도 가끔 활용된다. 이 방식은 대항해시대의 범선을 연상케 하는 낭만이 있다. 〈셀베이션〉에서는 'EM드라이브'라는 추진 방식을 채택했는데, 이 기술이 실현 불가능하다는 반박 증거가 점점 쌓이고 있어 흑역사로 남게 될 가능성이 크다.

만약 태양계 바깥까지 멀리 나아가려면? 그건 다음 항목에서 이어서 살펴볼 것이다.

초광속

아인슈타인의 상대성 이론에 따르면 우주에 존재하는 어떤 물질도 빛보다 빠르게 이동할 수 없다고 한다. 덕분에 SF 작가들은 지금도 골머리를 앓고 있다. 왜냐면 빛은 너무 느리기 때문이다. 당장 태양계에서 가장 가까운 항성계인 '프록시마 센타우리'까지 가는 데만도 빛의 속도로는 4년이 넘게 소요된다. 그럼 은하계의 변방인 우리 태양계를 벗어나 중심부로 가려면? 세상에, 3만 년이나 걸린단다. 느려 터진 광속 따위로는 도무지 우주를 여행할 수 없다.

그렇다면 SF 작가들은 이 문제를 어떻게 해결했을까? 초광속(FTL, Faster than Light) 비행에 대한 규칙은 몇 가지 패턴으로 구분해 볼 수 있다.

1. 워프(Warp)

1960년대 TV 시리즈인 〈스타트렉〉의 각본가들은 초광속 문제를 해결하기 위한 참신한 아이디어를 떠올렸다. 우주선이 광속보다 빠르게 움직이지 못한다면, 공간을 광속보다 빠르게 접으면 된다는 것이다. 우주선 앞쪽의 공간을 압축하는 동시에 뒤쪽의 공간을 늘린다면 우주선은 제자리에 가

만히 선 채로 앞으로 나아갈 수 있다. 이 기술을 워프라고 부른다. 〔EVE 온라인〕, 《톱을 노려라!》에서도 이런 방식을 활용하고 있다. 『아직은 신이 아니야』와 『민트의 세계』에는 '슈트라우스-한 드라이브'라는 초광속 기술이 등장하는데, 자세한 설명은 없으나 버블로 우주선을 감싼다는 표현 등을 참고할 때 이 방식을 이용하고 있는 것으로 추정된다.

행성연방(United Federation of Planets)의 우주선 엔터프라이즈 호를 타고 우리 은하계를 탐험하는 내용을 담은 '스타트렉 시리즈'는 미국인들의 큰 사랑을 받았고, 워프는 초광속 비행의 대명사로 자리 잡았다. 때문에 워프는 다른 모든 초광속 기술을 통칭하는 의미로 사용되기도 한다.

2. 도약(Jump)

도약의 가장 큰 차별점은 말 그대로 공간을 '뛰어넘는다'는 점이다. 워프가 빛보다 더 빠른 속도로 '나아간다'면 도약은 두 지점 사이의 거리를 무시한 채 공간을 뛰어넘는다. 작품마다 구구절절 자신만의 도약의 원리를 만들어 설명하곤 하는데 기본적인 원리는 워프와 같다. 어떤 식으로든 공간 자체를 접어 두 지점의 거리를 좁힌다는 것이다.

도약 설정을 채택하는 가장 큰 이유는 보다 역동적인 연출이 가능하다는 점이다. 그저 빠르게 나아갈 뿐인 워프와 달리 도약은 공간을 뛰어넘으므로 출발점과 도착점 사이에 장애물이 있어도 얼마든지 이동이 가능하며, 이에 좀 더 다채로운 전투 연출이 가능해진다. 도약한 함선은 추적할 수 없다는 식의 제약을 설정하는 경우도 많다.

3. 초공간(Hyperspace), 아공간(Subspace),
아무튼 이상한 공간들

이름은 다양하지만 결론은 이렇다. 현실의 우주와는 다른 물리법칙이 적용되는 공간이 있다. 이 공간을 이용하면 광속을 넘을 수 있거나, 광속을 넘지 않고도 빛보다 빠른 속도로 목적지까지 이동하는 것이 가능해진다. 일종의 지름길인 셈이다. 〈스타워즈〉의 우주선들이 바로 이런 초공간을 이용한다. 2012년에는 모 통신사에서 다스베이더가 "워프!"라고 소리치는 광고를 제작하는 바람에 큰 논란이 된 적이 있었는데(워프는 〈스타트렉〉이라고!), 최근작인 〈라이즈 오브 스카이워커〉 이후로는 그런 게 다 무슨 소용인가 싶기도 하다.

물론 설정하기 나름이지만, 대개 초공간에서는 통상적인 우주와는 다른 물리법칙이 적용되어 전투가 불가능한 경우가 많다. 또한 현실 우주와 서로 영향을 받지 않는 별도의 차원으로 설정되기도 한다. 이 때문에 〈스타워즈〉의 여덟 번째 에피소드인 〈라스트 제다이〉에서 초공간 도약을 실시한 우주선이 다른 우주선과 충돌하는 장면을 두고 팬덤에서 논란이 일어나기도 했다.

《카우보이 비밥》도 이와 유사한 설정을 채택하고 있는데, '위상차 공간'을 통과하는 우주선은 수백 배 빠른 속도로 공간을 가로지를 수 있지만, 이 공간을 빠져나오기 전까지는 현실의 어떤 물체와도 접촉하지 않고 그대로 통과하게 된다.

4. 웜홀(Warm Hole)

우주 곳곳에는 이미 공간을 가로지르는 '웜홀'이라는 구멍이 뚫려 있고, 우주선은 이를 이용할 뿐이라는 개념이다. 웜홀은 국가 간 정치와 전쟁을 다루는 스페이스 오페라에서 주로 선호된다. 좁은 협곡이나 해협처럼 웜홀이라는 정해진 루트로만 이동이 가능하기에 주인공으로 하여금 마술 같은 전략 전술을 펼쳐 보이도록 연출하기 용이하고, 광활한 우주의 지형을 단순화시켜 여러 가지 외교적 의존 관계를 만들어 낼 수도 있다. '보르코시건 시리즈'나 '아너 해링턴 시리즈' 등이 이런 설정을 탁월하게 활용한 예다.

『영원한 전쟁』에서는 콜랩서(Collapsar)라는 일종의 블랙홀을 웜홀로 활용한다. 문제는 웜홀을 건너는 데에는 시간이 소요되지 않지만, 출발지에서 웜홀까지는 빛보다 느린 속도로 직접 날아가는 수밖에 없다는 점이다. 냉동 수면 상태로 웜홀까지 이동하는 동안 수백 년이 흐르고, 다시 돌아온 고향 행성은 전혀 새로운 세계로 바뀌어 있다. 베트남 전쟁을 겪은 귀환병들이 사회에 적응하지 못하는 현상에 대한 은유다. '상호의존성단 시리즈'에서는 웜홀을 '플로우(Flow)'라고 부른다. 시리즈 첫 번째 작품인 『무너지는 제국』에서 플로우는 그 이름처럼 요동치며 위치를 옮기거나 소멸할 위기에 처하는데, 이런 특성이 제국에 중대한 갈등을 만들어 낸다. 「나의 우주 영웅에 관하여」에서는 '터널'이라는 이름의 웜홀이 등장하며, 터널은 엄청난 물리적 압력을 견뎌내야만 통과할 수 있다. 이 설정은 해당 작품의 주제를 이야기하는 데 아주 중요한 전제 조건이 된다.

웜홀을 인공적으로 만들어 내는 경우도 있다. 〈스타게이트〉가 대표적인데, 이 시리즈에서는 인류의 조상인 고대인들이 남겨 둔 웜홀 생성 장치 '스타게이트'를 이용해 온 우주를 여행한다. 또 『히페리온』에서는 파캐스트(farcast)라는 이름의 도구가 널리 사용되는데, 심지어 집 안 출입문에 파캐스트를 설치해 거실은 지구에, 안방은 화성에 두는 식으로 자유롭게 별과 별을 넘나들기도 한다. 『성계의 문장』에서는 초공간과 웜홀 개념을 결합해 활용한다. '문'이라는 웜홀을 통과하면 '평면우주'라는 초공간을 통해 다른 '문'으로 빠르게 이동할 수가 있고, 문의 내부에서는 치열한 전쟁이 벌어진다.

5. 더 괴상한 방법들

가장 손쉬운 방법은 '아무것도 설명하지 않는 것'이다. 《은하철도 999》의 기차가 어떻게 우주를 여행하는지 궁금한 사람이 있을까? 대부분의 사람들은 초광속의 원리에 별 관심이 없다.

'헤인 시리즈'에는 광속을 뛰어넘는 무인 우주선들이 등장하지만, 이에 대해 아무런 설명도 하지 않는다. 이름도 그냥 'FTL 우주선'이고, 생명체가 탑승할 수 없다고만 설정되어 있을 뿐이다. 〈배틀스타 갤럭티카〉(2003)도 이와 비슷하다. 그저 폼을 잡으면서 부하들에게 지시하기만 하면 언제든 번쩍하고 원하는 좌표로 함선을 데려갈 수 있다. (아다마 함장이 낮게 깔린 목소리로 "점프"라고 말할 때는 정말 섹시하다) 「밤의 끝」에서도 초공간 도약이 핵심 설정으로 등장하는데, 중력 엔진을 이용한다는 설명 외에 역시 자세한 원리는 언급되지 않는다.

『노인의 전쟁』은 아예 뻔뻔한 설정을 도입한다. 우주선이 초광속 비행으로 도착한 장소는 원래의 우주와 아주 유사한 평행우주이며, 다른 우주로의 이동이므로 상대성 이론이 적용되지 않는다는 것이다. 이런 일이 어떻게 가능하냐는 주인공의 질문에 돌아오는 답변은 간단하다. "자네의 수학 실력으론 이해가 불가능해."『신 엔진』에서는 노예가 된 신들이 우주선의 동력원으로 등장하며, 인간들은 신을 사슬로 묶고 채찍질해 초광속을 얻는다.『듄』에서는 '스파이스 멜란지'라는 향신료가 없으면 항해사가 초광속 비행을 할 수 없다. 오직 행성 '듄'에서만 생산되는 자원인 스파이스를 둘러싼 암투가 이 이야기의 중심 줄거리가 된다. 가장 재미있는 설정은 〈이벤트 호라이즌〉과 〔워해머 40k〕의 경우다. 이 두 작품에서는 우주선이 일종의 초공간을 통과하는데, 하필 이 공간은 악마들이 기거하는 코스믹 호러의 세계다. 결국 선원들은 하나둘 악마에 씌어 죽거나 미쳐 버리고….

초광속으로 우주를 이동하는 방법은 무척 다양하다. 아예 당신만의 새로운 설정을 창조해도 무방하다. 하지만 결국 몇 가지 패턴에 그럴싸한 입담을 포장지로 입히고, 전개상 필요한 제약 조건을 덧붙인 결과물일 뿐이다. 과학적이지 않아도 상관없고, 심지어 설명하지 않아도 괜찮다. 우리가 빛의 속도로 갈 수 있다면 구질구질한 원리 따위야 뭐가 중요하겠는가.

세대 우주선 / 씨앗 우주선

하지만 우리가 빛의 속도로 갈 수 없다면, 남은 선택지는 정말이지 비참한 방법들뿐이다.

가장 익숙한 아이디어는 세대 우주선(generation ship)이다. 이 도시처럼 거대한 우주선 속에서 선택받은 소수의 인류는 그들만의 사회를 이루고 자급자족하며 대를 이어 여행을 지속한다. 긴 여행 기간을 견디기 위해 때로는 냉동 수면을 병행하기도 한다.

세대 우주선 이야기의 가장 대표적인 패턴은 여행이 너무 길어져 자신들이 우주선에 있다는 사실조차 잊을 정도로 문명이 퇴화하는 것이다. 『조던의 아이들』이 대표적이다.

또 다른 경우는 기나긴 여행을 견디지 못하고 미쳐 버리는 것이다. 〈팬도럼〉에서는 우주선이 마치 〈매드맥스〉의 아포칼립스 세계처럼 변해 버리고, 《클리셰》의 승무원들은 길고 긴 세월의 지루함 때문에 결국 (스포일러!)를 하기에 이른다. 물론 《초시공요새 마크로스》처럼 멀쩡히 아이돌 공연이나 즐기며 살아가는 경우도 없는 것은 아니다.

세대 우주선이 기나긴 여행을 지속하는 동안 내부에서는 독특한 문화나 사회구조를 지니게 되는 경우가 많다. 〈어센션〉 속 주민들은 1960년대 미국의 모습을 재현하고, 《시도니아의 기사》는 생존을 위해 수단과 방법을 가리지 않는 잔혹한 소수 엘리트들의 정치를 보여 준다. 작품에 따라 괴상한 종교가 탄생하거나, 비상식적인 사회로 퇴화하는 모습이 나타나기도 한다. 우주선이라는 닫힌 사회는 일종의 사고 실험의 도구로 활용될 수 있다.

씨앗 우주선(seed ship)은 보다 끔찍한 방안이다. 현생의 인류가 살아남을 방법은 없으며, 인류와 지구 생명들의 유전 정보, 즉 생명의 씨앗만을 우주선에 실어 우주 저편으로 날려 보낸다. 우리에게 익숙한 〈인터스텔라〉의 'Plan B'가 이것이다.

씨앗 우주선이 행성에 도착한 이후에는 그곳에서 신인류가 자라나는 이야기로 이어지기도 한다. 《2001 스페이스 판타지아》에서는 한 부부의 정자와 난자를 실은 우주선이 혜성을 타고 300년이 넘는 여행을 떠난다. 새로운 행성에서 태어난 아이들은 인공지능 로봇의 양육을 통해 문명을 복원해 내기에 이른다. 또한 이 작품에서는 씨앗 우주선과 관련한 독특한 상황이 발생하는데, 우주선이 목표한 행성에 도착하기도 전에 반물질을 이용한 초광속 항법이 개발되고, 관련자들은 우주선보다 먼저 목적지에 도착해 아이들이 살기 좋은 행성 환경을 준비해 주기로 한다.

괴상한 함대전

이제 우리 솔직해지자. 대체 우주선이 왜 바다 위의 배처럼 움직일까? 우주에는 위도 아래도 방향도 없는데, 『은하영웅전설』에 나오는 군인들은 왜 세상을 2차원으로밖에 인식하지 못하느냐는 말이다(어쩐지 캐릭터가 전부 2D 그림이더라). 〈스타워즈〉도, '보르코시건 시리즈'도 마찬가지다. 전함들은 마치 평원에 도열한 기병처럼 '납작한' 대형을 전개한다. 그나마 '아너 해링턴 시리즈'는 그럴싸한 변명을 늘어놓는데, 이 세계의 전함들은 '임펠러 드라이브'라는 추진기 관의 특성상 상하로부터의 공격에 무적이라고 한다.

지금껏 SF 팬들은 이런 장면을 당연한 규칙으로 받아들였다. 하지만 점차 거부감을 느낄 가능성이 높다. 왜냐면 우주 전쟁이 점점 현실로 다가오고 있으며, 현실은 판이하게 다를 것이기 때문이다. 미국은 최근 우주군을 창설했다.

물론 우주 공간의 특성을 잘 살린 작품들도 존재한다. 『엔더의 게임』에서 엔더가 최고의 지휘관이 될 수 있었던 것은 우주가 3차원 공간이라는 점을 이해했기 때문이며, 《무한의 리바이어스》에서도 접촉한 두 우주선이 포격을 주고받은 뒤 각자의 궤도를 따라 행성을 돌며 소강상태에 접어드는 장면이 등장한다.

우주 정거장

많은 수의 우주 정거장은 단지 주인공에게 위기를 만들어 내기 위해 존재한다. 가끔은 오직 파괴되기 위해서만 건설되는 것이 아닌가 느껴질 정도다. 당장 유명한 영화들인 〈그래비티〉, 〈라이프〉, 〈애드 아스트라〉, 〈아마겟돈〉 등만 살펴봐도 그렇다.

이처럼 작가들이 우주 정거장을 파괴하는 이유는 우주가 무척 위험한 곳이라는 사실을 각인시켜 긴장감을 높이기 위해서다. 현대를 배경으로 하는 우주 여행 이야기에서는 꽤 높은 확률로 우주 정거장이 문제를 일으키곤 한다.

반면, 스페이스 오페라에서 우주 정거장은 성간 교통을 관제하는 군사 요충지로 등장하는 경우가 많다. '노인의 전쟁 시리즈'의 스핀오프 단편집인 『휴먼 디비전』에서도 어김

없이 정거장이 파괴되는데, 이 결과 우주개척방위군은 지구를 잃는 큰 위기에 빠지게 된다. 『보르 게임』에서는 혜겐 허브의 정거장을 두고 전쟁이 벌어지고, 『바실리스크 스테이션』의 주 무대인 바실리스크 스테이션은 교통 거점인 탓에 항상 적국의 암투에 시달리고 있다.

궤도 엘리베이터

스페이스X가 팰컨9 로켓을 개발하기 전까지 모든 로켓이 일회용이었다는 사실을 아는가? 로켓은 정말이지 비효율적인 물건이다. 그리하여 아서 C. 클라크는 『낙원의 샘』에서 궤도 엘리베이터라는 대안을 제시했다. 궤도 엘리베이터는 행성의 정지 궤도에 정거장을 설치하고, 정거장과 지표면을 잇는 거대한 통로를 설치해 물자를 대기권 밖으로 손쉽게 실어 보내는 장치다.

궤도 엘리베이터는 우주 여행이 활발해진 시대라는 것을 보여 주기에 딱 알맞은 소재다. 《톱을 노려라!》에서는 마지

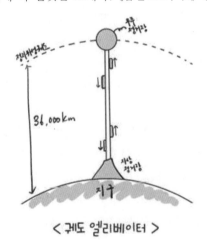

< 궤도 엘리베이터 >

막 회에 궤도 엘리베이터를 등장시켜 지구의 기술력이 대폭 발전했음을 암시하고, 《총몽》에서는 궤도 엘리베이터에 지어진 공중도시 '예루'와 '자렘'이 작품의 가장 중요한 아이덴티티로 자리 잡았다.

여기까지만 들으면 꽤 그럴싸하지 않은가? 그런데 지구의 정지궤도는 약 3만 6000킬로미터 높이에 있다. 무려 3만 6000킬로미터나 되는 탑을 건설해야만 하는 것이다. 게다가 지구의 자전을 버티고 대기와의 마찰도 견뎌낼 만큼 튼튼하게 지어야 한다. 그래서 「평형추」나 「파촉, 삼만리」 등 많은 작품에서는 이 시설물의 건설에 매우 오랜 시간이 걸리는 것처럼 묘사하고 있다.

현재까지 가장 그럴싸하게 제시되는 건설 방안은 정지궤도에 로프를 설치해 도르래처럼 물자를 운송하는 것이다. 결국 가볍고 저렴하고 튼튼한 로프를 얼마나 그럴듯하게 설정하는지가 독자/시청자를 설득하는 핵심이라는 뜻이다. 최근에는 마법의 소재인 탄소나노튜브와 그래핀이 각광받

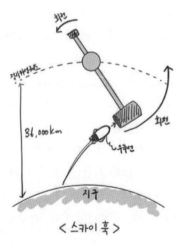

< 스카이 훅 >

고 있으나, 이 물질이 언제까지 촌스럽지 않게 받아들여질지는 아무도 모르는 일이다.

궤도 엘리베이터보다 조금 더 현실적인 대안은 '스카이훅(skyhook)'이다. 이 장치는 정지궤도를 중심으로 회전하는 대관람차 같은 형태를 띤다. 지상까지 길게 연결하는 대신 비행기가 도달할 수 있는 고도에서 도킹하여 스카이훅의 회전을 타고 대기권을 돌파하는 원리다. 《턴에이 건담》의 중반부 에피소드에서 '잭 트레이거'라는 이름으로 등장했다.

태양계 행성들과 위성들

태양계 행성들과 위성들은 작은 규모의 스페이스 오페라나 하드 SF의 무대가 될 수 있다. 개척 시대의 태양계 행성들은 제국주의 식민지의 은유로 기능하는 경우가 많은데, 미국 독립전쟁의 은유인 「아스테로이드 독립의 서막」, 노동 쟁의를 다룬 「우주가 멈춘다!」 등의 이야기가 이런 현실을 다룬다. 그보다 조금 더 미래로 넘어간다면 『익스팬스』, 《총몽》처럼 행성 단위의 경쟁이나 냉전을 그릴 수도 있다.

만약 하드 SF라면 '발사창(launch window)'이라는 개념을 고려해야 한다. 행성들은 각자 다른 주기로 태양의 주위를 돌고 있고, 따라서 행성들은 서로 가까워졌다 멀어지기를 반복한다. 행성 간의 거리가 충분히 가까워져 왕래가 가능한 시기를 "발사창이 열렸다"고 한다. 목성에 가야 하는 데 하필 태양 반대편에 있다면? 우리의 주인공은 최소 수개월을 기다리는 수밖에 없다. 우주선이 너무 손쉽게 행성 사이를 오간다면, 행성들이 마치 지하철 노선처럼 일직선상에 놓인 듯 느껴진다면, 어떤 독자/시청자들은 핍진성이 무너졌다고 여길지도 모른다.

테라포밍

화성에서 생활하는 인류를 낭만적으로 그리고 싶은데, 매번 귀찮게 우주복을 입고 벗어야 하질 않나, 위험한 방사능이 하늘에서 종일 쏟아지고, 조금만 실수해도 질식으로 사람들이 픽픽 죽어 나간다. 도무지 행복할 수가 없다. 이럴때 어떻게 해야 할까? 짠, 화성은 테라포밍되었습니다. 행성의 환경이 지구와 똑같아졌어요. 어떻게? 과학적으로 잘.

테라포밍은 행성의 온도, 대기, 중력, 태양 방사능을 인류가 생존할 수 있는 수준으로 조정하는 작업이다. 태양계를 테라포밍하는 계획은 과학자들 사이에서도 꽤 그럴싸하고 구체적으로 연구되고 있다. 언젠가 인류는 태양계 어디서든 자유롭게 살아갈 수 있게 될지도 모른다.

테라포밍은 고도의 외계 문명에 대한 증거로 활용되기도한다. "지형을 스캔하니 100년 전까지 여기엔 얼음뿐이었어요. 그런데 지금 이렇게 푸른 식물이 자란다는 건… 행성을 통째로 테라포밍할 정도의 문명이 개입한 흔적이에요!"

너무 거창하고 비현실적인 설정 같다고? 글쎄, 지금 인류가 지구에서 하고 있는 일이 그거 아닌가? 생명이 살 수 있는 행성을 살 수 없는 환경으로 테라포밍하는 일.

외계 문명과의 접촉

무수한 SF가 외계 행성을 탐사하거나, 외계 문명과의 접촉 이야기를 다룬다. 이러한 이야기는 가장 손쉽게 경이감을 불러일으킬 수 있는 소재이기 때문이다. '퍼스트 콘택트' 이야기는 두 가지 패턴으로 나눠볼 수 있다. 인류보다 월등한 문명과 접촉하는 이야기와, 엇비슷하거나 뒤떨어지는 문명과 접촉하는 이야기.

월등한 문명과의 접촉은 사실 '데우스 엑스 마키나'로 흐를 가능성이 크다. 당장 『노인의 전쟁』에서도 미스터리한 종족인 '콘수'가 핵심적인 해결책을 물어다 주고, 〔스타크래프트〕도 초고대 문명인 '젤나가'가 모든 일의 원흉이자 해결책으로 편리하게 활용된다. 이런 종류의 이야기는 오히려 멸망한 외계 문명의 유적을 탐사하는 경우가 흥미롭다. 『라마와의 랑데부』, 〈프로메테우스〉, 『링월드』와 〔헤일로〕 등의 작품이 이에 해당한다. 〈스타게이트〉에서도 꽤 많은 에피소드가 고대 종족의 유적을 소재로 다루고 있다.

우리와 대등하거나, 우리보다 낮은 문명 수준의 외계인과의 접촉을 다루는 작품들도 많다. 어슐러 K. 르 귄은 이 분야의 대가 중 한 사람이다. '헤인 시리즈'의 많은 작품들이 전혀 다른 문명과 생물학적 특성을 지닌 두 인물, 혹은 사회가 서로를 낯설게 바라보고 충돌하거나 이해하는 과정을 그린다. 「전도서에 바치는 장미」, 「스펙트럼」도 유사한 주제를 다룬다. 〈E.T.〉, 〈미지와의 조우〉를 비롯해 지구에서의 접촉을 그리는 영화들도 수없이 많다.

외계 문명과의 접촉에 대한 가장 유명한 규칙은 최우선 명령이다. 〈스타트렉〉이 제안한 이 간결한 규칙은 우리가 왜 외계인을 관측할 수 없는지 완벽히 설명한다. 이것의 핵심은 우주를 여행하는 종족들은 문명이 일정 수준에 도달하지 못한 원시 생명과의 접촉이 금지된다는 것이다. 일종의 자연보호구역을 설정한 것과 비슷하다.

여러모로 사람같이 생긴 외계인

이상하게도 SF 영화의 외계인들은 인간과 비슷한 형상을 하고 있는 경우가 많다. 가장 큰 이유는 제작비와 특수효과 기술 때문일 것이다. 인간 배우의 얼굴이 보이는 편이 감정 묘사가 쉽기도 하겠고.

그럼 만화나 게임에서는 왜 그럴까? 아무래도 인체가 가장 그리기 쉽기 때문이 아닐까. 《MAPS》에서는 이를 비꼬는 대목이 나온다. 기상천외한 외계인들의 모습을 보며 만화가들이 자신의 부족한 상상력에 좌절하는 내용인데, 그 장면에 등장하는 외계인들도 딱히 엄청나게 독창적이지는 않다. 후, 인간의 상상력이란….

또 다른 이유도 있다. 바로 종족을 뛰어넘는 로맨스를 그리기 위해서다. (대체 어떻게 임신을?) 하지만 「희박한 환각」 같은 작품을 생각하면 상대가 꼭 인간의 모습이어야 하는가 싶은 의문이 들기도 한다.

최근의 TV 시리즈에서도 이런 설정이 무리 없이 먹히는 것으로 보아 이 규칙은 꽤 오래 지속될 가능성이 있다. 하지만 조금 아쉬운 것은 사실이다. 생명체의 모습은 그 행성의 환경과 진화의 흔적을 함축적으로 보여 준다. 외계인의 독특한 외양 묘사만으로도 깊은 이야기가 암시될 수 있고, 이야기의 주제를 드러내는 좋은 도구도 될 수 있다.

광선 무기

자, 이제 이 이야기를 할 때가 왔다. 광선 무기는 SF 세계의 곳곳에서 널리 쓰이고 있지만, 사실은 완전히 넌센스인 물건이다. 당연하지만 광선 무기는 레이저가 아니며 '빛'을 쏘는 것도 아니다. 만약 빛을 발사하는 거라면 날아가는 궤적이 눈에 보일 리 없지 않은가. 솔직히 권총보다 뭐가 나은지도 잘 모르겠다. 사람들이 이런 괴상한 물건을 아무렇지 않게 받아들이고 있다는 상황 자체가 SF의 실체를 만천하에 드러내 보이는 것만 같다. SF가 과학적이어야 할 필요는 없다는 진실 말이다.

《기동전사 건담》에 등장하는 빔 무기의 원리는 '메가 입자'라는 원자를 고속으로 가속해 발사하는 것이라고 한다. 〈스타트렉〉의 빔 무기는 '페이저'라고 부르는데, 입자의 이름이 '나디온'이라는 점을 빼면 거의 비슷하다. 다만 이 무기는 기절부터 살상까지 위력 조절이 가능하다. 페이저의 치명적인 약점에 대해서는 '보호막' 항목을 함께 참고하자.

〈스타워즈〉에서는 한술 더 떠 입자를 광선검 형태로 가두기까지 한다. '카이버 크리스탈'이라는 물질을 사용한다고 하는데, 어떻게 광선이 검처럼 서로를 튕겨 낼 수 있는지 정말 궁금하다. 〈스타워즈〉의 성공 이후로 광선검은 수없이 많은 작품에 차용되어 활용되고 있다.

스페이스 오페라의 전통이 깊었던 과거의 펄프 잡지에는 휴대용 광선 무기가 필수적으로 등장했다. 특히 권총 모양으로 생긴 '블래스터(Blaster)'가 가장 대표적이다. 광선총이 끊임없이 활용되는 이유는 단지 시각적인 장점 때문이다. 그림으로든 영상으로든 형형색색의 광선이 시각을 자극하는 장면은 분명 매력적이니까. 블래스터가 실제로 가능하건 하지 않건, 눈에 보일 정도로 느리고 파괴적이지도 않은 광선을 군이 사용하는 이유가 무엇이건 그게 뭐가 중요하겠는가? 멋지고 재밌으면 그만이지.

보호막

〈스타트렉〉의 멋쟁이 종족 '보그(Borg)'는 모든 종류의 공격을 완벽하게 막아 내는 보호막 기술을 가지고 있다. 이들이 가진 기술의 가장 큰 특징은 적응력이다. '페이저'로 보그를 공격하게 되면 처음에는 공격이 먹히지만, 보그는 이내 페이저의 주파수에 적응해 당신의 공격을 보호막으로 막을 것이다. 포기하라. 저항은 무의미하다.

보호막은 광선 무기와 쌍벽을 이루는 기묘한 테크놀로지다. 대개 우주선이나 군인들, 혹은 왕족과 귀족들에게 장착되는 이 방어용 장치는 눈에 보이지 않는 막으로 대상을 감싸 거의 모든 공격을 방어하거나 튕겨 낼 수 있다.

보호막과 관련해 자주 등장하는 규칙들은 이러하다. 첫

째, 보호막은 주로 구형이다. 둘째, 보호막을 사용하기 위해서는 충전이 필요하며 퍼센트 단위로 소실 여부를 정밀하게 측정 가능하다. 보호막의 잔량을 확인하는 일은 매우 중요한데, 이것만 종일 읊어대는 선원이 따로 있을 정도다. 셋째, 보호막은 몇 개의 구획으로 나뉘며 필요에 따라 특정한 구획을 집중적으로 강화할 수 있다. (반드시 함장이 지시해야 한다) 넷째, 보호막으로 공격을 막더라도 함선은 크게 흔들린다. 다섯째, 보호막을 통과할 수 있는 무기가 존재한다. 여섯째, 보호막을 켜고 있다는 것은 적대 의지의 표현이다.

보호막이 너무 완벽하면 이야기의 긴장감이 떨어지기 때문에, 작가들은 매번 보호막을 고장내거나 망가뜨린다. 보호막에 약점을 부여하는 경우도 종종 있는데, 대표적인 설정은 공격 중에는 보호막을 사용할 수 없다는 식의 제약이다. 그다음으로 자주 등장하는 제약은 원시적인 무기는 막을 수 없다는 설정이다. 〈스타게이트〉에 등장하는 보호막은 매우 강한 충격도 막아 내지만, 아이러니하게도 지구인의 자동화기는 너무 약해서 보호막을 통과한다고 한다. 『듄』에 등장하는 개인용 보호막도 이와 유사한데, 빠르게 휘두르는 칼날은 보호막에 막히지만 아주 느릿하게 다가오는 경우엔 통과시키는 특성이 있어 독특한 검투 장면을 만들어 낸다.

전통적으로 일본 애니메이션들은 보호막을 시각적으로 잘 활용해 왔다. 1980~1990년대 작품들에서 묘사되는 보호막에는 독특한 특징이 있는데, 대개 불안정한 전류가 표면을 따라 흐르며, 역할을 다할 경우 유리처럼 깨진다. 아마 한국인에게 가장 익숙한 작품은 《신비한 바다의 나디아》의 뉴노틸러스 호가 아닐까.

인공 중력

우주를 배경으로 하는 영상물에는 웬만하면 인공 중력이 등장한다. 배우들이 허공에 계속 떠 있으려면 너무 힘들고 촬영하기도 껄끄럽기 때문이다. 게다가 무중력 상태가 오래 지속되면 뼈와 근육이 쇠약해진다고 한다. 장기간 우주에 머물기 위해서는 중력을 생성하는 장치가 필수다.

대체 중력이란 무엇인가? 특수 상대성 이론에 따르면 중력과 가속도는 같은 것이란다. 우주선이 계속 가속하고 있으면 내부에서는 중력과 똑같은 것을 느낄 수 있다. 『청혼』에 등장하는 우주 휴양지의 인공 중력이 이런 원리로 작동한다.

그보다 흔한 방법은 원심 중력을 활용하는 것이다. 원통이 빠르게 회전하면 원심력이 발생해 안쪽 면에 중력이 발생한다. 『뉴로맨서』의 우주 콜로니, 『첫숨』의 무대가 되는 '첫숨'이 이런 방식을 활용한다. 〈2001 스페이스 오디세이〉에 등장하는 우주선도 마찬가지다.

< 가속도는 중력과 같다 >

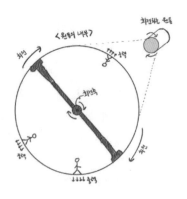

< 원심력은 중력과 같다 >

더 쉬운 방법도 있다. (이미 눈치챘겠지만) 그냥 아무 설명도 하지 않는 것이다. 대부분의 스페이스 오페라에 등장하는 우주선에는 중력이 존재하지만, 이에 대해 대충 얼버무리거나 아예 설명하지 않고 있다.

은하 제국

스페이스 오페라는 왜 이렇게 제국을 좋아하는가? 결국 이 이야기들은 무대만 우주로 옮겨 놓은 판타지이거나, 제국주의 시대에 대한 (백인들의) 향수병이기 때문이다. 어쨌거나 사람들은 여전히 궁정 로맨스를 사랑하고, 우주에서 이런 이야기를 풀어 놓기 위해서는 배경이 왕국이거나 제국일 필요가 생긴다.

스페이스 오페라의 고전들을 최근에서야 읽게 된 독자들은 어쩌면 웃음이 나올지도 모르겠다. 소설책의 앞쪽 혹은 뒤쪽에 거창하게 그려진 은하 제국의 지도가 파리 상공의 비행 항로만도 못하기 때문이다. 심지어 『은하영웅전설』에서는 은하제국과 자유행성동맹 사이를 오갈 수 있는 통로가 딱 두 개뿐이라는 설정도 나온다. 그나마 하나는 중립국이 틀어막고 있으며, 다른 하나는 이젤론이라는 요새화된 별이 지키고 있다. 한없이 드넓은 우주에서 별 하나를 우회하지 못하다니.

대신 변명을 하자면, 원활한 줄거리 진행을 위해서는 어느 정도 배경을 단순화할 수밖에 없는 측면이 있다. 한없이 넓은 우주를 전부 묘사하는 것은 불가능하기 때문이다. 최근에는 이런 의심을 피하기 위해 구체적인 규모에 대한 설명을 생략하는 작품들이 점점 늘어나는 것 같다.

오버마인드

[경고] 『유년기의 끝』과 『스타메이커』 스포일러 포함.

머나먼 미래의 인류는 어떤 방향으로 진화하게 될까? 아서 C. 클라크는 『유년기의 끝』에서 우주를 뒤덮는 거대한 정신을 상상했다. 이 작품에서 인류는 '오버로드'라는 외계인의 도움을 받아 하나의 거대한 지성체로 진화하고, 나아가 더욱 거대한 존재인 '오버마인드'와 융합한다.

이러한 초월의 모티브는 다양한 작품에서 반복적으로 활용되었다. 《기동전사 건담》의 초능력자인 '뉴타입'이 우주와 소통하는 것으로, 《전설거신 이데온》의 파멸적인 엔딩으로, 그리고 그 작품을 다시 오마주한 《신세기 에반게리온》의 인류보완계획으로 이어진다. 「제국보다 광대하고 더욱 느리게」에서는 거대한 정신체와 개인 사이의 접촉을 다루고, [스타크래프트]의 저그도 오버마인드의 지배를 받는다.

『스타메이커』는 오버마인드 이야기를 궁극적인 단계까지 밀어붙인 작품이다. 평범한 지구인이었던 주인공은 우주를 여행하며 무수한 문명의 탄생과 종말을 목도하고, 우주의 창조자인 스타메이커의 의지를 이해한다. 점차 의식이 확장되어 간 그는 가스 성운과, 은하와, 궁극적으로 우주 정신 그 자체와 하나가 되기에 이른다.

빅뱅, 빅 크런치, 우주의 종말

우주의 시작과 끝을 다루는 이야기는 SF에서 꾸준히 활용되는 매력적인 소재다. 이 주제를 이야기할 때면 항상 『타우 제로』 이야기가 나오기 마련인데, 1992년에 출간되어 절판된 소설을 대체 다들 어디서 구해서 읽으시는지. 대략적인 줄거리는 이렇다. 광속으로 비행하는 우주선의 역추진 장치가 고장 나고, 선원들은 우주가 끝나는 시간까지 우주를 떠돈다. 그리고 종국에는 우주가 다시 한 점으로 합쳐지는 '빅 크런치' 현상을 목도하게 된다.

『타우 제로』와 비슷하면서 쉽게 접할 수 있는 우주 종말 이야기로는 「최후의 마지막 결말의 끝」이 있다. 이 단편에서도 주인공은 광속 비행 실험의 실패로 약 200억 년에 달하는 시간 동안 우주를 비행한다. 「미래로 가는 사람들」 연작에서는 아광속 우주선에 탑승한 주인공이 점점 미래로 나아가며 미래 인류를 만나고, 끝내는 우주의 끝에 도달한다.

사이버펑크

사이버펑크는 가까운 미래의 암울한 첨단 기술이 잔뜩 등장하는 '어떤 것'이다. 모호하게 설명할 수밖에 없는 점을 부디 이해해 주시길. 이 서브 장르는 정말이지 정의 내리기 어려운 개념 중 하나다. 스페이스 오페라가 우주를 배경으로 하는 활극이듯, 사이버펑크는 '사이버펑크적인 미래'를 배경으로 하는 다양한 활극들을 통칭한다. 핵심은 바로 여기에 있다. 가능한 모든 미래가 아닌, 오직 사이버펑크적인 미래를 배경으로 해야 한다는 것.

그렇다면 대체 사이버펑크적 미래란 어떤 미래일까? 〔사이버펑크 2020〕의 제작자 마이크 폰드스미스에 따르면 사이버펑크를 정의하는 것은 '분위기' 그 자체다. 음습하고 어두운 거리, 추적추적 내리는 빗방울, 전자 기기와 자본에 지배당하는 암울하고 절망적인 시대상, 기계에 잠식당한 인간성, 불법 해커와 사이버 스페이스, 록큰롤과 반항 정신, 전자 마약과 향정신성 의약품, 뉴웨이브 신비주의 등….

설명하면 할수록 의미가 미끄러지기만 하는 것 같다.

사이버펑크 작품들을 접한 적 없는 사람에게 사이버펑크를 설명하는 건 마치 코끼리를 본 적 없는 사람에게 코끼리를 설명하는 일과 같다. 그냥 『뉴로맨서』를 읽으시라. 나는 가끔 이 장르가 그저 『뉴로맨서』라는 왕릉의 부장품을 도굴하는 작업에 지나지 않는다는 생각을 하곤 한다. 시각적인 이미지를 체감하려면 『블레이드 러너』와 《공각기동대》도 함께 추천드린다. 그러고도 여유가 된다면 『테세우스의 배』도 한 번… 아, 아니다….

요는, 사이버펑크가 우리 미래를 예측하는 서브 장르가

아니라는 점이다. 사이버펑크 속 세계는 실제 현실의 미래라기보다 독자적인 룰이 적용된 이세계에 가깝다. 이 서브 장르의 창작자들은 사이버펑크적인 기술과 장치들, 사이버펑크가 창조해 낸 모티브들만을 반복해 쌓아 나갈 뿐이다.

하지만 최근 들어 사이버펑크의 의미는 조금씩 달라지고 있다. 윌리엄 깁슨 시절의 사이버펑크는 반세기 이상 떨어진 아득한 미래였지만, 현재의 우리는 기술적으로 사이버펑크의 눈앞까지 도달한 시대를 살고 있기 때문이다. 'Cyberpunk is Now'라는 구호가 상징하듯, 이제 이 서브 장르는 점차 우리 자신의 이야기가 되어 가고 있다.

누군가 이 장르를 너무나 사랑한 나머지 사이버펑크 세계 속에만 존재해야 할 기술들을 하나씩 실제 세계로 훔쳐 오고 있기 때문이다.

신체 개조와 의체

포스트휴먼(Post-human) 시대가 현실로 다가오고 있다. 손상된 장기를 대체할 인공 장기는 이미 개발된 지 오래고, 신경이나 뇌파를 통해 움직이는 의수 및 의족 개발도 활발히 진행 중이다. 로봇이 인간을 닮아가듯, 인간 또한 로봇을 닮아가고 있는 것이다. 기계와 신체가 융합된 인간을 '사이보그(cyborg)'라고 부른다.

사이보그는 이미 수십 년 전부터 흔하게 사용된 소재다. 다만 차이가 있다면 과거에는 머나먼 미래의 공상처럼 여겨졌던 소재가 최근작들에서는 가까운 현실로 진지하게 다뤄지기 시작했다는 점일 것이다.

『뉴로맨서』의 주인공 몰리는 선글라스처럼 생긴 강화 플라스틱으로 두 눈을 덮었고, 남들보다 몇 배나 빠른 신경 반응 속도를 지니고 있다. 「나의 우주 영웅에 관하여」에서는 초광속 비행의 압력을 견디기 위해 온몸을 개조하는 비행사들이 등장하는데, 이를 통해 장애에 대한 새로운 시선을 제시한다. 《김탐정 사용설명서》에서는 미용 목적의 신체 개조가 일상화되면서 아름다움의 기준이 점점 기괴해지는가 하면, 로봇은 사람을 살해할 수 없다는 법률을 우회하기 위해 죽기 직전의 경찰들을 기계 병기로 개조한다. 그들은 뇌가 살아 있지만 사실상 인공지능의 꼭두각시나 다름없다.

신체 일부를 개조하는 일을 넘어 온몸을 기계로 대체하는 경우도 나타난다. 이를 '의체'라고 한다. 《공각기동대》가 가장 대표적인데, 이 작품에 나오는 군인들은 대부분 온몸을 기계로 교체해 초인적인 힘을 발휘한다. 의체인들만의 올림픽이 따로 존재할 정도로 의체 기술이 대중화된 세계다. 이 작품에서는 몸을 기계로 바꾸는 데서 한 걸음 더 나아가 뇌 또한 '전뇌'라는 기계로 대체된다. 주인공 쿠사나기 소령은 소량의 뇌세포를 제외하고는 모두 기계로 바뀐 인물이며 그 때문에 정체성의 혼란에 빠진다. 『테세우스의 배』에서도 주인공인 재벌 회장이 사고를 겪고 온몸이 기계가 된 채 깨어나 비슷한 고민을 하게 된다. 이 작품에서는 마지막 끈이라고도 할 수 있는 일부의 뇌세포마저 모조리 기계로 바꿔 철학적 가정을 극단까지 밀어붙인다.

조금 더 미래를 그리는 《총몽》에서는 마치 낡은 자동차를 정비하듯 고철 부품으로 몸을 수리하고 교체하는데, 몸의 형태에 따라 사람의 정신이 크게 일그러지는 끔찍한 모습도 종종 그려진다. 「피드스루」에서는 한술 더 떠 표준화된 규격의 팔다리를 즉석에서 자유롭게 뗐다 붙일 수 있고, 후속작 「멀티플렉서」에서는 이종간의 결합도 묘사된다. 인간의 몸에 박쥐 날개를 달거나 곤충의 다리를 연결하기도 한다.

몸이 기계로 바뀌어 생기는 또 다른 문제는 '해킹'이다. 기계 몸은 일종의 전자제품이기에, 컴퓨터처럼 해킹이 가능하다. 작가가 설정하기에 따라서는 심지어 뇌를 해킹해 기억을 지우거나 새로운 인격을 심는 일조차 가능해진다.

신체 개조의 이야기는 다양한 철학적 함의들을 만들어 낸다. 기계와 인간의 경계, 융합 가능성에 대한 탐구는 물론이고, 영생과 초월에 대한 욕망까지도 끄집어 드러낸다. 기계 몸을 통해 오히려 사람의 몸을 일종의 분자 기계로 바라보게 만드는 낯섦을 자아내기도 한다.

이런 묵직한 주제들을 떠나 등장인물로 하여금 초인적인 액션을 가능케 한다는 단순한 매력도 무시할 수 없다. 의체는 과학으로 이룬 초능력이다. 뇌에 심은 통신칩으로 텔레파시를 전하고, 근력이 증강된 신체는 하늘 높이 점프한다.

강화복

강화복(Exo Suit)을 설명하기가 참 쉬워졌다. 〈아이언맨〉이라고만 말해도 모두 알아듣는 시대가 됐으니까. 강화복은 기계 신체를 옷처럼 입어 의체와 비슷한 효과를 부여한다.

그럼 강화복이 신체 개조나 의체와 다른 점은 뭘까? 강화복은 아이템이다. 입기만 하면 평범한 인간도 즉시 초인으로 만들어 주는 파워업 아이템인 것이다. 지극히 평범한 인간인 독자/시청자들은 강화복을 입은 자신의 모습을 상상하며 마치 주인공이 된 것 같은 매력을 느낀다.

강화복의 시초로는 보통 『스타십 트루퍼스』를 꼽는다. 이 소설에 등장하는 군인들은 핵탄두를 장착한 기계 갑옷을 입고 전장을 누빈다. 〔워해머 40k〕의 스페이스 마린들은 신체 개조 시술과 강화복을 동시에 적용받은 초인들이며, 우리에게 가장 익숙한 〔스타크래프트〕의 해병들도 위 두 작품의 영향을 받은 강화복을 입고 있다.

《기동전사 건담》에 등장하는 모빌 슈트(mobile suit)도 일종의 강화복으로 취급된다. 완구를 팔아야 하는 어른의 사정으로 18미터짜리 로봇이 되어 버렸지만, 건담은 설정상 강화복에 해당한다. 건담의 세계에서 로봇은 '로봇 3원칙'의 적용을 받기에 이를 우회할 필요가 있는 것이다. 반면 이 애니메이션의 마스코트 로봇인 '하로'는 인간에게 친절하며 공격적인 모습이 결코 나오지 않는다.

갑옷 형태에서 벗어난 디자인의 강화복들도 존재한다. 《스프리건》의 강화복 'AM 슈트'는 평소의 서른 배에 달하는 근력을 낼 수 있게 도와 주는데, 겉보기에는 캐주얼한 점퍼처럼 보인다. 조금 더 리얼리티를 가미한 작품들에서는 마치 로봇의 뼈대처럼 생긴 장비를 곁에 두르거나(《엘리시움》, 〔콜 오브 듀티: 어드밴스드 워페어〕), 전투 장비가 아닌 산업용 중장비의 형태를 띠기도 한다(《에이리언 2》, 《기동경찰 패트레이버》).

기계 형태를 벗어나 생체를 입는 형태의 강화복도 존재한다. 가장 대표적인 작품은 《철인전사 가이버》다. 고대의 외계인이 만들어 낸 이 생체 갑옷은 인간의 몸과 유기적으로 결합할 시 엄청난 병기로 변모한다. 〈인디펜던스 데이〉의 외계인들도 이와 유사한 생체 강화복을 입고 있다. 포악한 강화복을 벗겨 낸 그들의 실제 모습은 우리에게 익숙한 '그레이 외계인'과 닮았다.

인공지능 로봇

SF 세계에서 로봇과 인공지능을 구분하는 일은 큰 의미가 없다. 현실의 로봇은 보다 광범위한 자동기계 장치를 통칭하지만, SF 안에서는 대개 인간과 유사하거나 그 이상의 지능을 갖춘 기계를 지칭하는 경우가 많기 때문이다. 이에 여기서는 인공지능 로봇을 뭉뚱그려 살펴볼 것이다.

인공지능 로봇을 분류하는 기준은 크게 세 가지로 나누어 볼 수 있다. 첫째, 몸이 존재하는가, 존재하지 않는가. 둘째, 몸이 인간의 모습을 닮았는가, 닮지 않았는가. 셋째, 몸을 구성하는 재료가 기계인가, 생체인가.

이들의 주요 역할은 인간을 대신해 위험한 일을 하거나, 보조적 역할을 수행하는 것이다. 가끔은 자녀를 대신하거나 친구가 되어 주는 경우도 있다. 때로는 『은하수를 여행하는 히치하이커를 위한 안내서』의 마빈처럼 지나치게 인간적인 감수성을 드러내며 유머러스한 장면을 만들어 내기도 한다.

인공지능 로봇들은 대부분 인간과 유사한 사고방식을 지녔다. 지나치게 인간을 닮다 보니 인간과 기계의 경계가 모호해져 자신이 인간이라 믿거나(《이트맨》 일부 에피소드), 혹은 독자에게 그런 착각을 주는 로봇들도 등장하고(『기파』, 〈에이리언〉), 로봇과 인간의 경계에 대한 철학적 고찰을 다룬 작품들도 꾸준히 등장해 인간성에 대한 많은 메시지를 준다(「독립의 오단계」, 〈바이센테니얼 맨〉).

가장 고전적인 패턴인 '인간이 되고 싶어 하는 로봇' 이야기는 아슬아슬하게 탈락하기 직전의 규칙이다. 2020년에 발표된 작품에서 "저는 인간이 되고 싶어요!"라거나, "이런 감정을 느끼는 내가 어떻게 인간이 아니야?", "네가 느끼는 건 진짜 감정이 아니야, 프로그램된 거지" 따위의 성의 없는 대사를 듣는다면 요즘 독자/시청자들은 아마 한숨을 쉬며 눈살을 찌푸릴 것이다.

반면 컴퓨터의 계산기적 특성, 이성의 화신으로서 냉혹한 모습을 극대화시킨 이야기도 많다. 인간＝감정/로봇＝이성 대립 구도는 이제는 많이 낡은 방식이지만, 인간이 로봇에게 감정을 가르치고, 심지어 사랑에 빠진다는 식의 게으른 패턴이(심지어 로봇이 눈물을 흘린다! 어떻게?) 여전히 뻔뻔하게 쓰이고 있는 것도 사실이다. 〈엑스 마키나〉는 이런 클리셰를 제대로 비튼 작품이다. 이 이야기 속 인공지능은 사랑의 감정을 역이용해 인간을 속인다.

감정이 없는 로봇에 대한 불안의 정서를 극단까지 밀어붙이면 인공지능 로봇이 인간을 죽이는 이야기들이 등장한다. 〈터미네이터〉가 가장 대표적이고, 『집행인의 귀향』, 「두 번째 변종」도 유사한 이야기다. 이 이야기들에서 로봇은 인간의 모습으로 의태하여 인간을 잔혹하게 살해한다. 인간의 모습은 아니지만 〈2001 스페이스 오디세이〉에서도 인공지능 HAL9000이 사람을 죽이려 든다.

로봇을 이용하는 또 다른 효과는 낯설게 하기다. 로봇의 눈으로 인간의 비합리적 행동을 바라보게 하여 새로운 관점을 제시하는 것이다. 「TRS가 돌보고 있습니다」나 〈A. I.〉 같은 작품이 이에 속한다. 이런 작품들은 주로 로봇과 사람의 문답으로 이루어지는데. 로봇의 순진함을 강조하려다 인간 아이처럼 묘사하는 함정에 빠지기도 쉽다. 『소프트웨어 객체의 생애 주기』는 이런 함정을 잘 피해 간 중편이다.

인간과 인공지능 로봇의 관계에는 언제나 상명하복의 긴장이 흐른다. 때문에 로봇이 자유를 얻는 이야기들은 일정 부분 노예 해방 서사의 안일한 반복으로 읽히기도 한다(〈디트로이트 비컴 휴먼〉). 혹은 창조주와 인간의 관계를 은유하거나(《블레이드 러너》, 〈프로메테우스〉). 그러다 보니 자연스럽게 인간 아래에 있던 로봇이 전복을 일으켜 인간보다 위대한 존재로 초월하는 이야기들도 많다. 초라해진 인간은 그들의 발아래에서 가르침을 받거나 기생하며 살아갈 뿐이다. 〈나의 마더〉, 「로봇반란 32년」, 《기생》 등이 이런 세계를 그린다.

최근에는 여성형 휴머노이드에 대한 논쟁이 뜨거운데, 이를 이용해 「얼마나 닮았는가」와 같은 훌륭한 페미니즘 서사를 만들어 낼 수도 있지만, 폭력적 욕망을 해소하는 도구로 전락해 버릴 수도 있기 때문이다. 차라리 〈그녀〉의 '사만다'처럼 몸이 없는 편이 안심이 된다.

로봇과 관련한 가장 영향력 있는 규칙은 '로봇 3원칙'이다. 아시모프의 '로봇 시리즈'에서 만들어진 이 행동 원칙은 꽤 오랜 기간 동안 사람들에게 진지하게 받아들여졌다.

1. 로봇은 인간에게 해를 입혀서는 안 된다.

2. 제1원칙에 위배되지 않는 한, 로봇은 인간의 명령에 복종해야 한다.
3. 제1원칙과 제2원칙에 위배되지 않는 한, 로봇은 로봇 자신을 지켜야 한다.

이 원칙들은 굉장히 모호하고 선언적이어서, 세부적인 상황을 들여다볼 경우 다양한 윤리적 모순을 일으킨다. 심지어 창안자인 아시모프 본인의 소설에서도 원칙이 충돌하는 경우가 나타난다. 불완전한 규칙이 마음에 들지 않았던 아시모프는 『로봇과 제국』에서 0원칙을 추가했다. 이 원칙은 다른 모든 원칙에 선행한다.

0. 로봇은 인류에게 해를 가하거나, 인류에게 해가 가도록 방치해서는 안 된다.

현대에 와서도 이 규칙이 유효할까? 그렇지는 않은 것 같다. 이것은 이미 탈락한 규칙에 가깝다. 이러한 명시적인 원칙은 인공신경망 기반의 최신 인공지능 이론과 잘 붙지 않을 뿐더러, 지금은 온갖 드론들이 전장을 누비고, 오히려 사람을 죽이는 로봇이 더 친숙해진 시대다. 당연하지만 로봇 3원칙은 과학자들이 인정하는 실제 규칙이 아니다. 지금 SF를 쓰는 작가들은 아마 대부분 이러한 원칙을 무시하는 로봇들을 만들어 내고 있을 것이다. 돌이켜 생각해 보면 아시모프의 시대에도 로봇이 사람을 죽이는 경우가 그렇지 않은 경우보다 많았던 것 같다.

복제인간과 유전자 조작

[경고] 영화 〈더 문〉과 〈아일랜드〉 스포일러 포함.

포스트 휴먼의 한쪽 끝에 기계화된 인류가 있다면, 다른 한쪽 끝에는 생명공학적으로 진보된 존재들이 있다. 생명을 복제하고, 개선하고, 창조하는 일은 신의 영역에 비견되며 많은 이야깃거리들을 낳아 왔다. 철학적으로도 윤리적으로도 첨예한 이슈가 쏟아지고 있는 가장 최신의 전장이라 말할 수 있을 것이다.

복제인간 이야기가 계속해서 생산되는 이유는 물론 재미있기 때문이다. 복제인간은 '도플갱어' 민담의 세련된 후손이며, '진짜? 가짜?' 놀이는 언제나 흥미로운 클리셰다. 〈6번째 날〉에서는 아놀드 슈워제네거가 1인 2역을 뽐내며 궁금증을 자아내는데, 이런 종류의 이야기는 보통 가짜의 시점을 따라가다 진짜 주인공과 마주치게 하여 주인공이 진짜라 믿고 있던 독자/시청자들에게 충격을 선사한다.

복제인간 이야기의 다른 패턴은 부활이다. 〈제5원소〉의 주인공 리루는 손 한쪽만 남은 시신을 복제해 되살린 존재이고, 『듄』에서는 '베네 틀레이락스'라는 비밀스러운 집단이 죽은 인물을 살려내 주인공에게 딜레마를 선사한다. 복제된 사람은 과연 죽은 사람과 같은 사람일까? 〈6번째 날〉의 악당들은 기억을 컴퓨터에 저장해 두고 죽으면 새로운 몸에 기억을 옮겨 몇 번이고 되살아난다. 그들은 이 방법이 영생이라 믿는데, 글쎄, 그냥 복사본이 아닐까?

또 다른 패턴은 윤리적인 한계를 탐구하는 것이다. 복제된 인간에게도 영혼이 있을까? 그들도 인간일까? 그들을 도구로 활용해도 되는 걸까? 노벨문학상 수상 작가의 『나를 보내지 마』는 오직 장기 이식만을 위해 태어난 복제인간의 이야기를 다룬다. 〈아일랜드〉도 비슷한 이야기를 신나는 할리우드식 모험담으로 풀어 내고 있다. 〈더 문〉에서는 자신이 진짜라 믿고 있는 무수한 복제인간들이 강제노역의 도구로 이용당한다.

유전자 조작에 관한 이야기들은 윤리적인 고민을 한층 더 깊게 파고든다. 유전자로 사람을 판단하는 것이 적절한가? 유전자를 조작해 인간을 '개선'하는 일은 정당한가? 신인류로의 진화를 촉진하는 일은 옳은가? 이런 주제를 다루는 작품들에는 현대 생명공학의 고민이 그대로 녹아 있다.

〈가타카〉 속 세계에서는 유전자에 의해 인생의 모든 것이 결정된다. 사람들의 유전자 정보는 주민등록번호만큼 손쉽게 유출되며, 유전자가 열등한 것으로 평가되면 취직도, 결혼도 할 수 없는 패배자로 낙인찍힌다. 주인공인 제롬은 유전자 교정을 하지 않기로 한 부모의 결정 때문에 청소부로 살아가는데, 결국 평생의 꿈인 우주 비행사가 되기 위해 타인의 혈액을 구입해 부정 취업을 시도한다. 《스페이스 킹》의 주인공 백수인도 막강한 지식과 능력을 자랑하지만 매번 유전자 평가에서 떨어져 취업에 실패한다.

유전자 조작으로 탄생한 신인류와 구인류 사이의 갈등도 자주 등장하는 소재다. 「시간 위에 붙박인 그대에게」에서는 태아 상태에서 유전자를 개선해 영생불멸하게 된 동생과, 조금 일찍 태어나는 바람에 시술을 받지 못한 언니 사이의 갈등을 그리며, 「χ Cred/t」에서는 100명의 유전자를 조합해 만들어진 아이가 엄청난 부자가 되자 친권을 둘러싸고 부모들 사이에서 대혼란이 벌어진다.

언제나 그렇듯, 철학은 멀리 던져 버리고 그저 신나는 액션을 위해 유전자 조작 초인들을 등장시키는 작품들도 많다. 『노인의 전쟁』의 군인들은 모두 초록색 피부로 광합성을 하며, 뛰어난 신체 능력과 '똑똑한 피™'를 가지고 있다. 「백혈」에서는 월등한 존재로 개조된 초인부대 '화이트 블러드'가 등장해 좀비들을 학살한다.

새로운 생명의 창조

인간이 아닌, 아예 새로운 생명체를 창조하는 이야기도 흥미롭다. 사실 생명 창조 이야기는 로봇 창조 이야기와 구조적으로 크게 다르지 않다. 하지만 생물학적 방식으로 디자인된 존재들은 기계장치의 조합인 로봇과는 전혀 다른 외양과 디테일을 표현할 수 있다.

SF의 효시라 불리는 메리 셸리의 『프랑켄슈타인』은 과학적 방법을 활용한 생명 창조 이야기의 시작점이다. 프랑켄슈타인 박사가 만들어 낸 피조물은 인간의 시신을 재료로 하였으나, 인간과는 다른 새로운 존재로 완성된다. 프랑켄슈타인의 변형된 이야기 중 하나인 〈스플라이스〉에서는 인간을 닮은 생물이 창조자인 과학자를 유혹하고, 《기동경찰 패트레이버》의 '폐기물 13호'편에서는 실험으로 탄생한 거대 괴물이 인간을 습격한다. 《테라포마스》에서는 인간형으로 진화한 바퀴벌레가 화성을 지배한다. 보통 이런 종류의 크리처 이야기는 뒤끝이 별로 좋지 않다.

〈에이리언: 커버넌트〉는 그 유명한 '에이리언'의 탄생 설화를 다룬다. 외계인이 만들어 낸 인간과, 인간이 만들어 낸 로봇, 그리고 로봇이 만들어 낸 새로운 생물. 꼬리를 무는 창조주와 피조물의 관계가 무척 흥미롭다.

인격을 복제, 전송하는 장치

만약 인간의 두뇌활동과 의식의 메커니즘이 완벽히 규명된다면, 우리는 뇌를 스캔하여 그 정보를 데이터화할 수 있다. 다시 말해 인간의 정신을 컴퓨터 안에 보관할 수 있게 되는 것이다. 컴퓨터 파일이 되어 버린 우리는 언제든 복제되거나, 전송될 수 있다.

이러한 장치를 이용하면 죽은 사람의 생전 모습을 보존하고, 그들과 재회할 수 있다. 〈트랜센던스〉의 주인공은 테러로 죽을 위기에 처하자 자신의 정신을 컴퓨터에 업로드한다. 인간보다 월등한 연산능력을 갖게 된 그는 점차 초월적 존재로 진화하기 시작한다. 『무너지는 제국』에서는 역대 황제들의 정신이 '기억의 방'이라는 곳에 저장되는데, 황제는 선배이자 조상인 과거의 존재들로부터 통치에 필요한 조언을 얻는다. 「관내분실」에서는 죽은 사람들의 정신이 '마인드 도서관'이라는 곳에 보관된다. 유족들은 조문하듯 도서관을 찾아 죽은 이를 만나 위로를 얻는다. 〈맨 오브 스틸〉에서도 슈퍼맨의 죽은 아버지가 홀로그램으로 등장해 로이스

레인을 돕는 장면이 등장한다.

죽는 순간 새로운 몸으로 인격이 전송되는 패턴의 이야기들도 있다. 『신들의 사회』에 등장하는 신들은 죽음을 맞는 순간 의식이 전파의 형태로 전송되어 새로운 몸에서 깨어난다. 죽음을 관장하는 신 '야마'만이 이 기술을 다룰 수 있다고 한다. 〈배틀스타 갤럭티카〉(2003)의 인간형 로봇인 사일런들도 이와 유사한 설정을 갖고 있다. 사일런에게는 죽은 이의 의식을 전송받아 부활시켜 주는 '부활선'이라는 우주선이 존재하며 그 덕에 그들은 죽음을 두려워하지 않는 무적의 병사가 된다. 부활선을 제거하는 작전은 작중에서 전략적으로 매우 중요하게 그려진다.

반면, 인공지능의 인격을 인간의 몸으로 전송하는 역발상의 작품들도 존재한다. 「프로스트와 베타」가 대표적이다. 인간이 멸망한 머나먼 미래, 거대한 인공지능인 프로스트는 취미로 인간을 연구하기 시작하고, 그는 결국 인간의 육체를 만들어 자신을 전송하기에 이른다. 〈매트릭스: 레볼루션〉에서도 인공지능 요원이 인간의 몸속에 들어와 주인공을 방해한다.

이런 종류의 이야기에는 항상 철학적인 질문이 따라오게 마련이다. 전송 이전의 의식과 전송 이후의 의식은 같은 존재인가? 업로드된 데이터인 '나'는 원래의 '나'와 같은 사람일까? 그럴 리가. 데이터는 복제품일 뿐이다.

그렇다면 진짜 '나'를 유지하면서 몸을 옮기려면 어떻게 해야 할까? 『노인의 전쟁』에서는 이 문제에 대한 탁월한 해법을 제시한다. 이 작품에서 노인인 주인공의 정신은 늙어 죽어가는 몸과 젊고 새로운 몸 양쪽에 동시에 존재한다. 하나의 정신이 두 개의 몸을 공유하다 서서히 원래의 몸이 죽음을 맞고, 그의 정신은 '연속성'을 잃지 않은 채 온전하고 자연스럽게 새로운 몸으로 넘어가게 된다.

『7인의 집행관』은 이런 철학적 고민을 좀 더 밀어붙인 경우다. 이 작품에서는 한 사람의 주인공에게 일곱 번 다른 인격이 덧씌워진다. 주인공 '나'는 분명 그 자리에 그대로 존재하지만, 그를 구성하는 기억도, 성격도 모두 외부에서 주입한 새로운 정보로 뒤바뀌는 것이다. 내가 나라는 것 외에 모든 면에서 다른 존재가 된다면, 그는 여전히 원래의 나와 같은 사람일까?

「χ Cred/t」는 또 다른 방향에서 질문을 던진다. 이 이야기의 주인공은 소셜미디어 콘텐츠를 더 빨리 생산하기 위해 100명의 복제인간을 만들고, 그들에게 자신의 정신을 스캔해 똑같이 복사한다. 101명이 되어 버린 그들 중 진짜는 누구일까? 혹은 전체를 합쳐야 온전한 한 사람인 걸까?

텔레포트와 냉동 수면

텔레포트

'텔레포트' 장치는 이용자를 입자 단위로 잘게 분해한 다음, 멀리 떨어진 곳에서 재조립하는 장치다. 이 기술에는 크게 두 가지 방식이 있다.

첫 번째는 이용자의 '정보'와 '물질'을 함께 전송하는 방법이다. 텔레포트 장치는 이용자 A의 몸을 분해한 다음, 그를 구성하고 있던 원자를 하나도 빠짐없이 도착지로 전송한다. 도착지에서는 원자들을 다시 재조립한다. 출발 전후 A의 상태는 원자 하나까지 완전히 동일하다.

반면, 두 번째 방식은 '정보'만을 전송하는 것이다. 텔레포트 장치는 출발지에서 A를 스캔한 다음 그를 '폐기'한다. 그리고 도착지에서는 스캔한 데이터를 바탕으로 새 원자들을 이용해 A를 새로 조립한다. 겉으로 보기에 출발 전후 A의 상태는 동일하다. 다만 그를 구성하는 원자만 새것으로 바뀌었을 뿐이다. 마치 부품을 교체한 자동차처럼.

제3자의 입장에서는 두 방식 사이에 아무런 차이도 느낄수 없다. 구조적으로 완전히 동일한 A가 한쪽에서 분해되고, 반대편에서 생겨나는 거니까. 겉으로 보기에 두 A 사이엔 아무런 차이도 발견되지 않는다. 하지만 텔레포트 장치를 이용한 A 본인에게도 그렇게 느껴질까? 어쩌면 텔레포트 장치에 들어간 순간 A는 이미 죽었고(일반적으로 사람은 몸이 잘게 분해되면 죽는다), 새로운 A가 도착지에서 태어난 것인지도 모른다.

냉동 수면

이번엔 '냉동 수면' 장치에 대해 알아보자. 텔레포트 장치가 미심쩍어진 A는 차라리 냉동 수면을 이용하기로 마음먹는다. 적어도 몸을 산산이 분해하진 않으니까. A는 냉동 캡슐에 들어가 자신을 꽁꽁 얼린다. 얼어 버린 그의 심장이 멈추고 뇌 활동도 정지한다. 캡슐은 우주선 화물칸에 실려 우주 반대편으로 이동한 다음, 도착지에서 해동이 이루어진다. 심장에 전기 충격을 가하자 A는 다시 눈을 뜬다. 마치 컴퓨터를 새로 부팅한 것처럼.

이미 수백 년이 흘렀지만 A에게는 1초도 지나지 않은 것 같다. 마치 잠들었다 깨어난 것처럼. 그런데 문득 불안한 건 왜일까. 어쩌면 온몸이 냉동되어 뇌가 멎은 순간 A는 이미 죽었고(일반적으로 사람은 뇌가 정지하면 죽는다), 새로운 의식이 도착지에서 깨어난 것인지도 모른다.

다르지만 똑같은 기술, 흥미로운 의문들

전혀 다른 두 기술을 한 번에 소개하는 이유는 왜일까? 두 기술이 본질적으로 동일하기 때문이다. 텔레포트와 냉동 수면은 방법만 다를 뿐 시간과 공간을 뛰어넘기 위한 도구라는 점에서 큰 차이가 없다. 그리고 완전히 동일한 존재론적 리스크를 지닌다.

"출발 전의 A와 도착 후의 A는 과연 같은 인물일까?"

생각해 보자. 출발지에서 도착지까지 이동하는 동안 A는 산산조각 난 상태이거나, 혹은 뇌가 정지한 시체 상태다. 잠시나마 A는 분명 죽었다. 되살아난 A는 원래와 같은 A일까, 아니면 똑같지만 새로 만들어진 A일까. 철학에서는 이런 문제를 '자기동일성 문제'라고 부른다.

『펀치 에스크로』는 이런 철학적 문제를 정면으로 다루고 있는 작품이다. 텔레포트 장치에 들어간 주인공은 기계 고장으로 전송에 실패한다. 그런데 놀랍게도, 도착지에는 자신과 똑같이 생긴 사람이 아내와 함께 서 있다. 출발지의 원본이 삭제되지 않아 주인공이 둘이 된 것이다. 이 이야기는 중요한 시사점을 제시한다. 텔레포트는 전송이 아니라 복제일 수 있다는 것.

〈스타트렉〉에서도 유사한 에피소드가 등장하는데, 전송

과정에서 같은 인물이 두 명으로 늘어나 '진짜? 가짜?' 놀이를 벌이게 된다. 『테세우스의 배』에서도 제목처럼 이 문제를 집요하게 파고든다. 이 이야기의 주인공은 사고로 죽기 직전의 상황에 놓이고, 몸을 한 토막 한 토막씩 기계로 교체한다. 하지만 누군가가 그의 냉동된 토막들을 손에 넣게 되고, 그의 몸을 다시 조립해 되살린다. 기계로 바뀐 몸과 되살린 몸. 둘 중 진짜는 누구일까?

어려우면 무시해도 괜찮다

누가 진짜인가? 인간의 본질은 어디에 있는가? 무엇이 생과 사의 기준을 가르는가? 물론 하나같이 흥미로운 주제이지만, 머리가 아프다면 살포시 무시해도 괜찮다. 놀랍게도 대부분의 SF에서는 이런 문제를 깊게 고민하지 않는다. 작가들은 그저 편리하다는 이유로 손쉽게 이 장치들을 활용하고 있다.

하지만 솔직히 나는 이 기술들이 조금 무섭다.

이 장치들이 편리한 운송수단인지, 혹은 편리한 자살 기계인지 우리는 알지 못한다. 그러니 기왕이면 이런 모순을 피하는 방법들을 활용했으면 좋겠다. 텔레포트 장치 대신 웜홀을 이용한다거나, 뇌가 정지하는 냉동 수면 대신 신진대사만 저하시키는 저온 수면을 활용한다거나. 대안은 많다. 방법이야 어차피 작가가 정하기 나름이니까.

메갈로폴리스와 메가 빌딩

미래의 인류는 어떤 도시에서 살게 될까? 1980년대 사이버펑크 작가들은 주로 높고 빼곡한 마천루 숲을 상상했다. 빌딩의 그늘 때문에 지상은 언제나 밤처럼 어둡고, 환경오염으로 희뿌연 스모그가 가득하다. 심지어 오염된 공기를 차단하기 위해 도시에 거대한 돔을 씌우고 자유자재로 날씨를 조정하기도 한다.

〈블레이드 러너〉는 이런 사이버펑크 도시의 모습을 시각적으로 완성한 작품이다. 리들리 스콧과 시드 미드가 창조해 낸 이 환상적인 이미지는 당시 최첨단 도시였던 홍콩과 전성기 도쿄의 영향을 짙게 받았다. 그 덕에 사이버펑크 도시들은 형형색색의 히라가나 네온사인과 기모노를 입은 여성의 광고판 따위로 도배되곤 한다.

산업의 발전에 따라 도시는 점점 거대해지고, 메트로폴리스(대도시)를 넘어 메갈로폴리스(대도시권)로 확장된다. 『뉴로맨서』의 배경인 '스프롤'은 미국 동부 해안을 따라 보스턴에서 애틀랜타까지 이어지는 거대한 메가시티다.

언뜻 듣기에 환경 파괴적이지 않은가? 하지만 최근에는 이것이 오히려 친환경적일 수 있다는 주장도 있다. 이른바 '압축 도시' 개념이다. 도시를 최대한 고밀도로 집적하여 좁은 공간에 시민들을 밀어 넣는 것이다. 도시 내의 이동은 오직 대중교통으로만 가능하며, 대개는 이동할 필요조차 없다. 이동 없이도 모든 경제활동이 가능하기 때문이다. 자동차가 사라지니 자연스레 탄소 배출과 에너지 소비가 줄어들고, 도시를 제외한 대지는 서서히 녹지로 되돌아간다.

이를 위해 필요한 것이 바로 초거대 초고층 마천루인 '메가 빌딩'이다. 통상의 건물보다 압도적으로 거대한 메가 빌딩은 하나의 건물 내에 수만에서 수십만 명이 거주하며, 빌딩 내에서 주거부터 직장까지 모든 활동이 이루어진다. 『타워』의 배경인 '빈스토크'는 인구 50만이 거주하는 거대한 메가 빌딩으로, 건물이 곧 하나의 국가로 인정받을 정도다.

메가 빌딩의 개념을 확장하면 한없이 거대하고 한없이 광활한 건축물도 상상해 볼 수 있다. 《블레임!》의 무대는 도저히 끝을 알 수 없는, 기계들에 의해 무한히 확장되어 가는 메가 빌딩이다. 거대한 마천루 속에 갇힌 미래 인류는 바깥 세계를 본 적조차 없으며, 빌딩 관리자의 권한도 잃고 기계들의 위협을 피해 숨어 살고 있다. 주인공 '키리이'는 빌딩 관리 시스템에 접속할 수 있는 '넷 단말 유전자'를 찾기 위해 메가 빌딩 속을 유랑한다.

사이버 스페이스와 가상 현실

윌리엄 깁슨이 『뉴로맨서』를 쓰던 시절에는 아마 온라인의 개념을 쉽게 상상하기 어려웠을 것이다. 당시엔 컴퓨터도 보편화되지 않았고, 하물며 인터넷이라는 개념은 대중에 공개되지도 않았으니까. 애초에 윌리엄 깁슨은 타자기로 집필하던 사람이었다.

컴퓨터 기술에 무지했던 덕분에 그는 '사이버 스페이스'라는 환상적인 세계를 창조할 수 있었다. 그곳에는 홈페이지도, 게시판도, 유튜브 동영상도 없다. 오직 격자무늬로 이루어진 모호하고 추상적인 3차원 공간이 있을 뿐이다.

⟨트론⟩(1982)으로부터 영향을 받은 듯한, 격자 그래픽으로 이루어진 이 거대한 세계의 이름은 '매트릭스'다. 맞다. 영화 ⟨매트릭스⟩의 제목은 여기에서 따왔다.

또 다른 세계로 접속한다는 깁슨의 아이디어는 너무나 매력적이어서, 이미 인터넷이 익숙해진 최근까지도 온라인 세상을 3차원 공간으로 그리려는 시도는 여전히 반복되고 있다. 때문에 사이버 스페이스의 모습은 어딘가 비효율적이고 우스꽝스럽게 보이기도 한다.

예를 들면 이런 식이다. 현실에서는 홈페이지에 접속하기 위해 키보드로 URL만 간단히 두드리면 되지만, 사이버 스페이스에서는 굳이 허공을 날아 이동하거나, 문을 여는 시늉을 해야 한다. ⟨너바나⟩에서는 데이터를 삭제하는 것을 칠판에 쓰인 글씨를 지우는 장면으로 묘사하는데, 이런 식으로 하나하나 파일을 지워야 한다면 도저히 어깨가 남아나질 않을 것 같다. 실제 해킹은 은밀하게 보안 허점을 파악해 관리자 권한을 탈취하는 지루한 작업이지만, 사이버 스페이스의 해킹은 긴박한 공성전을 닮았다. 《공각기동대》에서는 장벽들이 하나씩 허물어지거나 세균에 감염되어 검게 잠식되어 가는 등의 모습이 화려한 그래픽으로 표현된다.

이런 화려한 그래픽은 컴퓨팅 파워만 잡아먹을 뿐 해커에게 아무런 도움이 되지 않는다. 그럼에도 이런 묘사가 사라지지 않는 이유는 달리 해커의 행위를 시각적으로 보여 줄 방법이 없기 때문일 것이다. 덕분에 현실에서는 키보드로 악플이나 주고받고 있을 키보드워리어들의 모습이 사이버 스페이스 속에서는 낭만적인 대결로 포장된다. 그들은 화려한 3차원 그래픽으로 만들어진 세계 위를 달리며 직접 몸을 부딪쳐 싸운다. 《총몽》에서는 거대한 아바타를 내세워 실력을 겨루고, 〈매트릭스〉에서는 어설픈 홍콩 영화 흉내를 내며 쿵후 실력을 주고받는다.

나아가 사이버 스페이스는 우리 뇌에 직접 연결될 수도 있다. 뇌와 직접 연결된 컴퓨터는 우리의 감각을 모사한 가짜 정보를 전송하고, 우리는 더 이상 현실과 가상을 구별할 수 없게 된다. 대개의 가상현실 이야기는 직접 경험할 수 없는 현실을 대리 충족하거나 현실과는 전혀 다른 새로운 세계를 방문하게 된다. 〈매트릭스〉처럼 가상현실임을 모르고 있다 깨닫는 이야기도 많다. 이 중에서도 가장 신나는 것은 게임과 결합하는 상상일 것이다. 가상현실 게임을 즐기는 종류의 이야기는 너무 많아 열거조차 어렵고, 이제는 아예 '게임 판타지'라는 장르마저 생겨났다.

또 가상현실을 이용해 시간 여행을 간접적으로 체험할 수도 있다. 「관내분실」에서는 가상현실을 통해 '마인드 도서관'에 보관된 가족을 만나고, 〈13층〉에서는 1930년대 LA를 재현한다. 〈레디 플레이어 원〉에서는 레트로 서브컬처가 모두 한자리에 모인다.

스팀펑크

사이버펑크가 첨단 기술로 가득 찬 근미래를 그린다면, 스팀펑크는 증기기관 시대로의 회귀를 다루는 장르다. 이 장르는 내연기관 대신 증기기관이 고도로 발달한 세계를 배경으로 삼는다. 증기와 톱니로 만들어진 사이버펑크라고 이해하면 될 것이다.

스팀펑크의 세계는 증기기관을 이용하는 세계이지만 실제로 보여지는 기술력은 그보다 월등하다. 〔바이오쇼크: 인피니트〕에서는 증기기관만으로 21세기를 훌쩍 앞서는 월등한 기술력을 보여 준다. '견인도시 연대기'에서는 바퀴가 달린 거대한 도시를 움직이고, 「즐거운 사냥을 하길」에서는 여우 요괴가 등장해 온몸을 증기기관으로 바꾸기까지 한다.

과학적으로 말도 안 되는 설정이지만, 이 장르를 사랑하는 사람들에게 그런 논리 따위는 아무런 문제가 되지 않는다. 빅토리아풍 복식과 고딕 건축물, 증기를 내뿜는 파이프, 톱니가 잔뜩 맞물린 거대한 기계장치가 어우러지는 모습은 시각적으로 엄청난 매력을 지니고 있다.

암울한 미래를 다루는 사이버펑크와는 달리 스팀펑크는 산업혁명 이후 활짝 열린 과학 긍정의 시대, 벨 에포크의 낭만을 회고한다. 하지만 한편으로는 제국주의 시대에 대한 백인들의 향수가 조금 섞여 있는지도 모르겠다.

매직펑크

[경고] RPG [영웅전설]과 [창세기전] 스포일러 포함.

1989년작 고전 RPG 〔드래곤 슬레이어: 영웅전설〕은 전형적인 판타지의 세계다. 주인공 세리오스 왕자는 동료들과 모험을 떠나고, 기나긴 여정 끝에 세계를 파괴하려는 사악한 용 '아그니쟈'를 쓰러뜨린다. 그런데, 짠! 놀랍게도 이곳은 과학 문명이 멸망한 머나먼 미래였습니다. 마법이라 생각했던 것은 고도의 과학 기술이었고.

이런 류의 패턴은 의외로 자주 등장한다. 국산 RPG인 〔창세기전 2〕의 최종 보스가 알고 보니 우주선의 승무원이었다거나, 『신들의 사회』의 신들인 '첫 번째 세대'가 지구에서 온 이주민들이라거나. 그들은 고도의 과학 기술을 이용해 하늘을 날고 마법 같은 능력을 발휘한다. 아서 C. 클라크의 유명한 말처럼, 고도로 발전된 과학은 마법과 구분되지 않는 것이다.

상기 작품들이 과학을 마법처럼 다룬다면, 반대로 마법을 과학처럼 다루는 이야기들도 있다. '다아시 경 시리즈'의 마법은 마치 과학처럼 정교한 이론을 바탕으로 설명되며, '파이널 판타지 시리즈'의 몇몇 작품은 기계장치로 마법적인 힘을 활용한다. 예를 들어 〔파이널 판타지 7〕에서는 '라이프 스트림'이라는 행성의 에너지를 '마테리아'라는 구슬로 정제해 마법을 사용한다. 마법이지만 동시에 산업화된 과학 기술인 것이다.

또 다른 패턴은 마법과 과학이 충돌하는 이야기들이다. 『체인질링』에서는 기술문명이 발달한 세계의 아이와 마법이 발달한 세계의 아이가 서로 뒤바뀌고, 아이들은 각자 과학자와 마법사로 자라나 서로의 운명을 빼앗기 위해 전쟁을 벌인다. 『드래곤 라자』의 1000년 후를 다룬 이야기 『그림자자국』에서는 내연기관 기술이 발달해 비행기가 드래곤을 제압하는 장면이 연출되기도 한다. 「신화의 해방자」, 「최고의 가축」 연작은 과학이 기만을 통해 거대한 마법적 존재를 굴복시키는 과정을 세련된 필치로 그린다.

매직펑크 이야기들은 판타지와 SF의 경계에 모호하게 걸쳐 있다. 이종처럼 보이는 두 장르가 결합이 가능하다는 것은, 실은 두 장르가 본질적으로 다르지 않으며, 어쩌면 같은 종일지도 모른다는 가설을 지지하는 강력한 증거다.

과학과 마법이 공존하는 세계를 창작하는 일은 언제든 환영이다. 하지만 부디 자신이 누구도 떠올리지 못한 참신한 아이디어를 떠올렸다는 착각만은 하지 말아 주길 바란다. 이런 이야기의 전통은 의외로 오래되었고, 하늘 아래 새로운 것은 없으므로.

시간 여행

시간 여행은 오랜 기간 사랑받아 온 서브 장르이며, 그 방법과 종류가 너무나 다양해 패턴을 분류하기가 불가능할 정도다. 따라서 이 항목에서는 단계별로 경우의 수를 나누어 설명하고자 한다. 현존하는 대부분의 작품들은 아래 항목들의 조합으로 설명이 가능할 것이다.

1. 미래로 가는가? vs 과거로 가는가?

시간 여행 이야기의 원전인 『타임머신』에서 주인공은 머나먼 미래의 신인류를 만난다. 사실 미래로 떠나는 시간 여행 이야기는 본질적으로 외계 행성 이야기와 다를 바가 없다. 주인공이 새로운 세계와 조우하는 것뿐이기 때문이다.

우리가 진정 꿈꾸는 시간 여행 이야기는 과거로 돌아가는 이야기일 것이다. 과거를 돌이키고 싶은 욕망은 누구에게나 존재한다. 욕망은 창작의 중요한 원동력이다.

2. 우연히? vs 의도적으로?

〈아웃랜더〉의 주인공 클레어는 우연히 200년 전 스코틀랜드로 떨어진다. '우연한 시간 여행 이야기'에서 중요한 것은 적응과 생존, 그리고 귀환이다. 아무런 준비 없이 과거로 떨어진 우리의 주인공은 어떻게든 과거 세상에 적응하고 살아남아야 한다. 그리고 현재로 돌아갈 방법도 찾고, 사랑에도 빠지고, 사랑에도 빠지고…. 〈백 투 더 퓨처〉에서도 주인공 마티가 모종의 사고로 30년 전 과거로 돌아가고, 그곳에서 젊은 부모님과 만나 우여곡절을 겪은 끝에 다시 현재로 돌아온다.

반면 〈백 투 더 퓨처 2〉의 마티는 특정한 의도를 갖고 1편의 과거로 되돌아간다. 이제 시간 여행에 익숙해진 그는 계획적으로 움직일 줄 안다. 코니 윌리스의 '옥스퍼드 시간 여행 시리즈'에서 시간 여행은 역사학자들의 일상이다. 그들은 정확한 계획에 따라 원하는 시대로 내려가 특정한 과거를 관찰한다. '의도된 시간 여행 이야기'에는 여행의 목적이 있으며, 목적 달성 여부가 중요해진다.

3. 한 번 vs 두 번 vs 여러 번 다녀오는 이야기

다시 〈백 투 더 퓨처〉를 살펴보자. 이 이야기는 전형적인 '한 번 다녀오는 이야기'다. 영화는 '갔다가 돌아오기'라는 신화적인 원형을 충실히 따르고 있다. 이곳이 아닌 다른 세계로 건너갔다 돌아오는 신비한 여정을 겪으며 주인공의 내적 성장이 이루어지는 것이다. 마티는 시간 여행을 통해 부모를 이해하고, 자신의 성격적 결함도 고치게 된다.

〈백 투 더 퓨처 2〉에서 마티는 다시 1편의 과거로 돌아간다. 두 번째 여행의 가장 큰 차이점은 첫 번째 시간 여행 때의 내가 여전히 과거에 존재한다는 것이다. 두 번째 마티는 1편 내내 과거를 돌아다녔던 첫 번째 마티와 마주쳐선 안 된다. 그랬다간 타임 패러독스가 일어나고 말 테니까. 〈백 투 더 퓨처 2〉는 '두 번 다녀오는 이야기'로, 첫 번째 시간 여행의 부작용을 수습하는 것이 주인공의 목표가 된다.

〈나인: 아홉 번의 시간 여행〉에서는 주인공이 과거로 되돌아갈 수 있는 아홉 개의 향초를 얻는다. 하지만 매번 시간 여행을 마칠 때마다 의도치 않게 역사가 크게 뒤틀리고, 앞선 시간 여행의 부작용을 수습하기 위해 주인공은 또 과거로 돌아가야 한다. 『영원의 끝』에서는 횟수의 제약조차 없다. 주인공은 자유자재로 시간을 여행하며 역사를 관리하는 '영원'이라는 기관의 일원이다. 〈스타트렉: ENT〉에서는 과거를 바꾸려는 세력들 사이에 전쟁마저 벌어진다.

'여러 번 다녀오는 이야기'의 매력은 사건의 복잡성이다. 시간 여행을 여러 번 다녀올수록 역사는 뒤틀리고, 플롯은 몇 배로 복잡해진다. 작가는 이야기의 모순을 감추기 위해 하염없이 뇌세포를 맷돌에 갈아야 한다.

4. 시간 여행의 도구는? 탈것 vs 거치형 vs 휴대형 vs 초능력

〈백 투 더 퓨처〉에서는 '드로리안'이라는 자동차를 운전하고, 〈타임리스〉에서는 거대한 구체에 타야 한다. 〈닥터 후〉의 '타디스'는 워낙 유명하고. '여행'이라는 이미지 때문인지 시간 여행 이야기에는 탈것이 등장하는 경우가 많다. 주인공은 과거의 사람들에게 타임머신이 발견되지 않도록 잘 감춰야 하고, 악당에게 빼앗기지 않게 지켜야 한다.

반면 '옥스퍼드 시간 여행' 속 시간 여행 장치는 아주 거대하다. 장치 안에 여행자가 들어가면, 장치는 여행자를 과거로 보낸다. 이 경우엔 사람만 과거로 넘어가므로 '탈것' 설정처럼 장치를 빼앗기거나 들킬 염려는 없다. 대신 과거에서는 시간 여행을 조작할 수 없다는 제약이 발생한다.

〈어벤져스: 엔드 게임〉, 〈어제가 오면〉의 시간 여행 장치는 슈트를 입는 형태다. 따라서 여행자는 연료가 허락하는 한 자유롭게 시간을 넘나들 수 있다. '엑스맨 시리즈'에서는 아예 뮤턴트의 초능력으로 시간을 넘나든다.

이 중에 어떤 도구를 택할지는 작가의 자유다. 시간 여행 장치의 형태와 기능, 제한 시간과 사용 횟수 등을 어떻게 설정하느냐에 따라 주인공을 제약하는 다양한 조건 값이 세팅될 수 있다. 시간 여행은 무적의 능력이기에 이러한 세부적인 한계 설정은 매우 중요하다. 시간 여행이 너무 만능이면 스릴이 사라지고, 제약이 너무 많으면 독자/시청자가 갑갑함을 느끼게 되기 때문이다.

5. 과거를 바꿀 수 있는가? vs 없는가?

시간 여행으로 역사를 바꿀 수 있을까? 아니면 아무리 발버둥 쳐도 바뀌지 않는 운명이 있는 걸까? 작가는 둘 중 하나를 반드시 결정해야 하며, 이 결정으로 시간 여행 이야기의 유형은 판이하게 달라진다.

〈백 투 더 퓨처〉나 〈나인: 아홉 번의 시간 여행〉은 '과거를 바꿀 수 있는 이야기'다. 이 유형의 핵심은 과거-현재 사이의 상관관계다. 과거에 간섭할 때마다 현재가 어떻게 뒤틀리는지, 또한 바뀐 역사를 어떻게 수습할 것인지가 이야기의 중심이 된다.

반면 '과거를 바꿀 수 없는 이야기'는 운명에 대한 저항이 핵심이 된다. 〈12 몽키즈〉에서 주인공은 치명적인 바이러스 테러를 막기 위해 과거로 돌아간다. 그는 사람들에게 바이러스에 대해 경고하지만, 오히려 이 경고를 들은 덕분에 테러범은 바이러스가 테러 도구가 될 수 있다는 사실을 알게 된다. 테러를 막으려는 그의 시간 여행 자체가 테러의 원인이었던 것이다.

이 유형의 이야기는 예언-실현 신화의 변형이다. 만약 오이디푸스가 예언을 듣지 않았다면 패륜의 비극을 저지르지 않았을까? 아니면 결과는 같았을까? 미래에서 온 시간 여행자는 미래를 알고 있다는 점에서 예언자와 같다. 그의 개입은 역사를 바꾸게 될까? 아니면 과거를 바꾸려는 시도야말로 이미 정해진 역사에 일조하는 행위인 걸까?

6. 나 자신과 마주칠 수 있는가? vs 없는가?

만약 과거로 돌아가 나 자신을 죽인다면 어떻게 될까? 현재의 나는 사라지는 걸까? 아니면 그런 일은 애초에 일어날 수 없는 걸까? 〈백 투 더 퓨처〉는 이 질문을 우아하게 피해 간다. 맙소사, 과거의 자신과 마주치게 되면 타임 패러독스가 일어나 우주가 폭발할 수도 있다! 주인공 마티는 무슨 일이 있어도 자신과 마주치지 말아야 한다!

"자신과 마주치면 안 된다"는 한동안 정석처럼 받아들여진 규칙이지만, 최근에는 이를 어기는 경우가 더 많은 것 같다. 이유는 단 하나다. 그것이 더 재미있기 때문이다. 〈루퍼〉에서는 미래에서 온 나와 현재의 내가 서로 총을 겨누고, 〈어벤져스: 엔드 게임〉에서는 과거의 (스포일러!)와 현재의 (스포일러!)가 육탄전을 벌이며 농담을 주고받는다. 끔찍한 선택을 했던 과거의 자신을 때려 주고 싶다는 상상, 누구나 한 번쯤은 해 보지 않았을까?

7. 과거를 바꾸려는가? vs 막으려는가?

주인공의 입장에 대한 것이다. 우리의 주인공은 과거를 바꾸기 위해 노력하는가?(〈12 몽키즈〉) 아니면 과거가 바뀌는 것을 막기 위해 노력하는가?(〈백 투 더 퓨처〉, 〈타임리스〉) 혹은 과거를 바꾸려 했다 문제가 생겨 이를 수습하기 위해 노력하는가?(〈나인: 아홉 번의 시간 여행〉) 과거를 바꾸려는 자와 막으려는 자 사이의 갈등은 시간과 운명에 대한 철학적 고민을 불러일으킨다.

결론: 마음 편히 즐겼으면 좋겠어

사실 시간 여행 이야기들은 논리적으로 하나같이 말이 안 된다. 모든 시간 여행 유형에는 모순이 내포되어 있기 때문이다. 작가들이 탁월한 테크닉을 발휘해 그럴싸하게 잘 감춰 두었을 뿐, 깊게 파고들면 반드시라고 해도 좋을 만큼 빈틈이 존재한다. 마치 타임 패러독스처럼. 그것은 시간 여행 이야기의 운명과도 같다. 왜냐면 우리는 시간에 대해 제대로 아는 것이 하나도 없기 때문이다.

그러니 독자/시청자들이여, 부디 시간 마술의 원리를 간파하겠다는 의지로 두 눈을 부라리는 행동은 멈춰 주시길 바란다. 편히 마음을 내려놓고 즐겁게 이야기를 즐기자.

루프

'동일한 시간, 동일한 사건'을 반복해 경험하는 이야기들을 말한다. 루프물의 패턴 또한 '우연한 루프'와 '의도된 루프'로 구분할 수 있다. '우연한 루프 패턴'은 주인공이 알 수 없는 이유로 루프에 갇히고, 루프 상황을 탈출하는 것이 주요한 목표가 된다. 가장 대표적인 작품인 〈사랑의 블랙홀〉에서 주인공은 똑같은 하루를 무한히 반복한다. 온갖 일탈을 저지르는 기쁨도 잠시, 무한히 반복되는 하루에 허무해진 그는 서서히 삶의 진정한 의미에 대한 깨달음을 얻는다. 「치킨과 맥주」에서 주인공은 편의점에서 치킨집까지의 짧은 골목길이 무한히 반복되는 상황에 빠진다. 그 상황 속에서 그는 여성으로서 겪을 수 있는 다양한 폭력적인 상황에 반복적으로 노출된다. 『백만 번의 종말』에서는 운석이 떨어지기 직전 한 달 동안의 상황이 끊임없이 반복된다. 주인공은 사랑하는 연인을 구하고 운석 낙하도 막아야 한다.

반면 의도된 루프 상황에서는 주인공이 과거로 돌아가야 하는 간절한 이유가 있고, 과거를 바꾸는 것이 이야기의 목표가 된다. 대개 죽은 사람을 살리거나, 거대한 사고를 막아야 하는 경우가 많다. 누군가를 잃은 주인공의 간절함이 무수한 반복 위에 누적되며, 감정은 점차 커다란 진폭을 만들어 낸다. 〈소스 코드〉에서 주인공은 폭탄 테러를 막기 위해 폭발 직전의 열차로 되돌아가고, 《타이밍》에서는 시간을 10초간 되돌릴 수 있는 초능력자가 가족을 살리기 위해 똑같은 10초를 무수히 반복한다. 《마법소녀 마도카☆마기카》

에도 비슷한 에피소드가 나오는데, 여기서는 한 달이 무한
히 반복된다. 〈엣지 오브 투모로우〉에서는 주인공이 죽을
때마다 과거로 되돌아가 처음부터 다시 전투를 시작한다.
비디오 게임을 플레이하는 것처럼 적들의 패턴을 익힌 주인
공은 무적의 병사가 된다. 「안녕, 아킬레우스」는 조금 특이
한 경우인데, 이 작품에서는 동일한 하루를 반복하는 여러
명의 인물들이 등장해 서로 죽고 죽이는 치정극을 벌인다.

시간 빙의

시간 빙의는 변형된 시간 여행 규칙이다. 이 패턴에서 시
간 여행자는 현재의 몸을 갖고 과거로 돌아가는 것이 아니
라 과거인의 몸에서 깨어난다. 때문에 이 경우엔 과거의 자
신과 마주치는 일 따위는 일어나지 않는다.

과거에서 깨어나 경험을 반복한다는 점에서 '루프' 패턴
과 비슷하게 느껴지지만 실제로는 시간 여행 규칙에 더 가
깝다. 루프 이야기가 동일한 시간과 사건을 반복하는 반면,
시간 빙의 이야기는 과거의 여러 시점으로 이동할 수 있다.
여기에 더해, 미래에 일어날 일을 미리 알고 있다는 점에서
주인공에게 일종의 예언이나 예지력이 주어진 것과 동일한
효력이 발생하게 되며, 예언 이야기와 유사한 패턴으로 흘
러갈 가능성이 높다.

통상적으로 주인공은 자신의 과거로 되돌아간다. 〔슈타
인즈 게이트〕에서 주인공은 낡은 IBM 컴퓨터를 개조한 장
치를 이용해 의식과 기억을 과거의 자신에게 전송하며, 〈어

바웃 타임〉에서는 가문의 특수한 초능력을 발휘해 원하는 시기로 되돌아간다. 《나만이 없는 거리》에서는 소꿉친구를 되살리기 위해 어린 시절로 돌아가 연쇄살인마와 맞서게 된다. 「세이브」에서는 '세이브, 로드' 버튼이 있는 장치를 이용해 마치 게임처럼 주인공이 저장해 둔 시점으로 되돌아간다. 그는 언제든 리셋할 수 있다는 기쁨에 취해 일탈을 반복하지만, 결국….

다른 사람의 몸으로 들어가는 경우도 있다. 〈시간 여행자〉에서 먼 미래의 인류는 과거의 다른 인간에게 자신의 정신을 덮어씌우는 기술을 개발한다. 주인공들은 과거인의 몸속으로 들어가 종말을 막기 위해 노력한다. 최근 유행하는 '전생물'도 이 유형에 속한다고 볼 수 있다. 예컨데 『근육조선』은 수양대군의 몸에 들어간 헬스 트레이너가 세종대왕에게 헬스를 시킨다는 엄청난 줄거리를 자랑한다. 이 외에도 수많은 웹소설들이 과거의 역사 속으로 되돌아간다.

사실 시간 빙의 패턴을 이야기할 때 결코 빼놓을 수 없는 국내 작가의 작품이 하나 있다. 하지만 그 작품은 여기서 언급하는 것 자체가 스포일러이기에 고이 넣어 두려 한다. 그 작품을 사랑하는 사람들에겐 이 한 마디면 충분하겠지.

"왜겠어요."

뒤섞인 시간

[경고] 테드 창 단편 「네 인생의 이야기」 스포일러 포함.

시간이 뒤섞이는 이야기는 시간과 관련한 규칙 중 가장 최신의 트렌드라 할 수 있다. 이 유형에서 주인공은 과거나 미래로 떠나는 것이 아니라, 시간 그 자체가 뒤엉키는 상황을 겪게 된다.

「네 인생의 이야기」에서 주인공은 외계인과 접촉한 영향으로 시간에 대한 관점이 바뀌게 된다. 그의 머릿속에서 과거-현재-미래는 동시에 존재하며, 곧 태어날 딸이 머지않아 죽게 되리라는 사실을 마치 과거에 겪은 사실처럼 받아들인다. 〈에이전트 오브 쉴드〉에 등장하는 한 인물은 머릿속 시간이 뒤죽박죽이다. 어린 아이일 때 할머니가 된 인격이 나타나는가 하면, 어른이 되어서야 어릴 적 인격이 나타나기도 한다. 그 결과 아이는 미래를 예언한다.

「러브 모노레일」의 주인공은 신비한 모노레일에 탑승하게 되는데, 그곳에서 지금까지 사귄 연인들, 미래에 사귀게 될 연인들 모두와 한자리에서 대면한다. 우리의 주인공은 그들 중 하나를 택해야 한다. 또한 「끈」에서는 자신의 전생을 기억하는 남자가 등장하는데, 이상하게도 그는 전생뿐 아니라 미래의 삶 또한 기억한다. 그리고 어쩌면 그는….

다중 우주

'또 다른 세계'는 신화로부터 이어져 온 모티브이다. 저승이나 천계, 동굴 너머의 신선 세상 등 속된 세계와는 다른 성스러운 공간은 언제나 신비로운 궁금증을 자아낸다. SF의 세계에도 '또 다른 세계로의 모험'을 그리는 이야기들이 존재한다. 이 세 가지 패턴들은 각각의 세련된 과학적 이론을 근거로 하고 있다.

평행 우주 - 양자역학의 다세계 해석

양자역학의 다세계 해석에 따르면 우리의 우주는 매 순간 가능한 모든 경우의 수(=시간선)로 분화하고 있다. 아직 과학적으로 입증되지 않은 이론이지만, 이 매력적인 아이디어는 많은 SF 창작자들을 사로잡았다. '평행 우주'는 우리가 경험하지 못한 또 다른 가능성의 역사다.

평행 우주는 이야기 속 세계의 다른 가능성을 보여 준다. 만약 이 인물이 그때 죽지 않았다면? 이 이야기의 주인공들이 전혀 다른 장소에서 전혀 다른 사연으로 만났다면? 다시 쓰여진 역사 속에서 우리의 주인공들은 완전히 새로운 이야기를 써 내려갈 수 있다.

〈스타트렉〉에는 '거울 우주(Mirror Universe)'라는 평행 세계가 존재한다. 이 평행 우주 속의 인류는 선하고 정의로운 '행성 연방'이 아니라 전쟁을 즐기는 사악한 '지구 제국'이다. 과거의 어느 시점에서 역사가 뒤틀려 전혀 다른 문화가 자리 잡은 것이다. 〈프린지〉에서는 우리와 거의 유사하지만, 과학에 일찍 눈을 떠 월등히 앞선 기술을 가진 평행세계와 전쟁이 일어난다.

평행 우주 이야기의 가장 재미있는 점은 양쪽 세계에 똑같은 인물들이 존재한다는 점이다. 각각의 세계에는 동일한 인물들이 전혀 다른 모습을 한 채 살고 있다. 이쪽 세계에서 마음 여린 과학자였던 인물이 저쪽 세계에서는 포악한 군인이라거나, 이쪽 세계의 악역이 반대쪽 세계에서는 주인공을 돕는다거나 하는 식으로 캐릭터를 비틀어 색다른 재미를 준다. 사고로 죽은 가족이 반대쪽 우주에서는 멀쩡히 살아 있어 그리움을 자아내기도 한다.

평행 세계로 넘어간 주인공은 정반대의 성격을 지닌 자신과 충돌하거나, 또 다른 자신인 척 행세를 하며 위기를 극복하기도 한다. 거꾸로, 우리 쪽 우주의 인물인 줄 알았는데 알고 보니 반대쪽 세계의 스파이였다는 식의 패턴도 자주 등장한다. ('진짜? 가짜?' 놀이는 언제나 흥미롭다) 영상으로 만들어질 경우 배우들의 1인 2역을 감상하는 재미도 있다.

'마블 코믹스'는 다세계 해석을 아예 마케팅 도구로 활용한다. 마블에서 출판하는 코믹스들은 모두 다른 버전의 평행 우주라는 식의 논리를 내세워, 같은 히어로의 이야기를 무수히 반복해 생산한다. 어떤 우주에서는 스파이더맨이 여성이 되고, 어떤 우주에서는 흑인이 된다. 각각의 캐릭터들이 인기를 얻게 되자 이번엔 각기 다른 스파이더맨이 평행 우주를 뛰어넘어 한자리에 모인다는 컨셉의 〈스파이더맨: 뉴 유니버스〉가 만들어지기까지 했다. 《츠바사》도 이와 비슷한 컨셉으로, CLAMP의 모든 작품 속 등장인물들이 평행 우주를 넘나들며 새로운 이야기를 펼친다.

사실 이런 이야기는 논리적으로 말이 안 된다. 전혀 다른 역사를 겪은 두 세계에서 완전히 똑같은 인물들이 태어나 비슷비슷한 인간관계를 지니며 살고 있을 가능성이 얼마나 될까? 작가들은 이를 알면서도 시침을 뚝 떼고 똑같은 인물들을 양쪽 우주에 배치한다. 왜? 재밌으니까.

거품 우주 – 인플레이션 우주론

우리가 흔히 '이세계'라고 부르는 이야기들이 대부분 여기에 해당한다. 다세계 해석이 새로운 역사의 가능성을 보여 준다면, 거품 우주를 채택한 이야기들은 아예 새로운 세계를 상정한다. 인플레이션 우주론에 따르면 우리가 살고 있는 우주는 거대한 수조 속의 무수한 거품 중 하나에 불과하다. 빅뱅으로 탄생한 시공간 거품의 바깥에는 또 다른 거품 우주가 무수히 존재한다.

거품 우주의 가장 큰 특징은 우리가 살고 있는 세계와는 전혀 다른 규칙의 세상을 창조할 수 있다는 점이다. 우리가 알고 있는 물리법칙은 모두 빅뱅의 결과물이다. 빅뱅의 초기 세팅 값이 바뀌면 그 우주의 물리법칙도 완전히 달라진다. 용과 마법이 존재하는 세계도, 빛보다 빠른 속도로 움직일 수 있는 세계도, 심지어 시간이라는 개념조차 없는 세계도 얼마든지 존재할 수 있다. 〈닥터 스트레인지〉의 그 유명한 밈("도르마무, 거래를 하러 왔다!")을 떠올려 보자. 도르마무의 우주에는 시간이 존재하지 않는다.

거품 우주를 건너는 방법만 적당히 지어내면, 작가에게는 무한한 가능성이 열린다. 우리의 주인공들은 작가가 상상할 수 있는 어떤 세계로도 건너갈 수 있다. 《밀크 특공대》 주인공들은 각각 번호가 매겨진 무수한 우주들을 자유롭게 넘나든다. 이들은 꼬리처럼 생긴 정체불명의 생명체와 융합해 끔찍한 도약 개미들에 맞서 싸워야 한다. 《덴마》에서는 주인공들이 사는 우주를 '제8우주'라 부르며 또 다른 우주들이 존재함을 암시한다. 이 작품 속 인물들은 '교차공간'이라는 특별한 지점을 통해 다른 우주로 넘어갈 수 있다.

접힌 차원 - 초끈이론

초끈이론에 따르면 우리가 사는 세상은 4차원(3차원 공간 +1차원 시간)이 아니라 11차원이란다. 오직 수학 공식으로만 계산된 결과이지만, 만약 이 이론이 사실이라면 우리의 눈 앞에는 보이지 않는 차원이 몇 겹이나 숨겨져 있는 셈이다. 어쩌면 귀신이나 요정들도 이런 숨겨진 차원에 존재하는 것일지 모른다. SF 작가들은 여기에 상상력을 가미해 온갖 기괴한 존재들이 기거하는 차원들을 상상해 냈다. 「안개」(영화 〈미스트〉의 원작이다)에서는 군 실험으로 차원의 문이 열리고 안개와 함께 또 다른 차원에서 괴물들이 넘어온다. 〔둠〕이나 〔워해머 40k〕에서는 숨겨진 차원 속에 악마들이 살고 있으며, 이들은 호시탐탐 우리 세상으로 넘어오기 위해 음모를 꾸미고 있다.

접힌 차원 이야기들의 가장 큰 특징은 우리가 사는 바로 이곳에 또 다른 세상이 겹쳐져 존재한다는 것이다. 우리의 눈에 보이지 않는 사악한 존재들이 차원의 틈새를 비집고 우리 세계로 침공하거나, 혹은 두 세계가 하나로 겹쳐지면서 재난이 시작된다.

과학자

SF에 과학자가 자주 등장하는 것은 물론 자연스러운 일이다. 그러나 SF에 등장하는 과학자는 어딘가 실제 과학자와는 다른 경우가 많다. 여러 작품에서 과학자들은 아인슈타인의 코스튬 플레이어거나, 살짝 미쳐 있거나, 혹은 커피에 중독된 너드로 등장한다. 이런 사례들은 너무나도 많아 언급하자면 한 페이지를 가득 채우고도 남기 때문에 굳이 작품을 언급할 필요는 없을 것 같다.

물론 과학자를 존중하는 작가들도 많다. 침착하고 이성적인 인물들이 예의 바르게 토론하며 과학적 추론을 이어가는 것만으로도 흥미로운 이야기가 만들어질 수 있다. 『별의 계승자』가 가장 대표적이고, 「읽다가 그만두면 큰일 나는 글」, 「공생가설」도 이에 부합하는 좋은 예다.

상대적으로 최근에 등장한 패턴은 평범한 직장인의 모습을 그리며 인간관계의 고달픔이나 관료제의 모순 따위를 지적하는 경우다. 과학자 출신 작가들에게서 이러한 경향이 자주 나타나는데, 사실 이런 종류의 이야기도 이제는 너무 많아져서 조금 진부하게 느껴진다.

과학자의 역할은 보통 둘 중 하나다. 설명충이거나 해결사거나. 독자를 위해 친절하게 설정을 풀어 주고("맙소사, ㅁㅁㅁ 현상이에요!"), 고난에 처한 주인공과 인류에게 해법을 제시("위험하지만 △△△ 기술을 활용할 것을 제안합니다.")하는 것이다. 슬프지만 SF의 세계에서조차 과학자들은 무대의 가장자리에 머무르는 경우가 많다. 물론 과학자이면서 동시에 모험가인 경우도 있겠지만 이 경우엔 과학자로서의 정체성은 상당히 줄어든다.

살아 있는 설정집인 과학자들은 게으른 작가들의 도피처가 되기 쉽다. 최악의 경우는 "흠, 걱정 말게. 이러저러한 문제는 이러저러한 기술을 이용하면 해결할 수 있지." 하고 으스대며 이전까지 한 번도 언급된 적 없었던 새로운 설정을 도입해 막힌 전개를 뚫는 일이다. 작가가 체계적으로 논리를 쌓아왔으리라 굳게 믿고 있던 독자/시청자는 한순간 뒤통수를 세게 맞는 기분이 된다.

이 사악한 수법은 45분 내에 사건을 해결해야 하는 TV

시리즈에서 특히 자주 발견되는데, 〈스타게이트〉의 카터와 맥케이, 〈프린지〉의 월터 비숍 같은 천재 캐릭터들이 주로 이런 죄를 짓는다. 하지만 이런 식의 편법은 작중 세계의 내적 일관성을 망가뜨릴 뿐만 아니라, 중대한 규칙 위반이기도 하다.

원리를 알 수 없는 유비쿼터스 장치들

영화에서 반투명한 디스플레이가 나올 때마다 나는 이런 궁금증을 떠올린다. 저게 어떻게 허공에 떠 있는 거지? 디스플레이는 그렇다 치고 회로는 어디 있지? 글씨는 잘 보이나? 뒤가 비쳐서 잘 안 보일 거 같은데?

영화에 반투명 디스플레이가 자주 등장하는 이유는 효율적이기 때문이다. 반투명 디스플레이를 활용하면 화면의 정보와 그 너머로 비치는 배우의 얼굴을 한 화면에 담을 수 있다. 만약 일반적인 모니터라면 똑같은 장면을 보여 주기 위해 쇼트를 두 개로 나누어야 했을 것이다.

이 예시는 중요한 시사점을 준다.

첫째, SF에 등장하는 장치들은 매체의 특성을 따른다. 영화에 등장하는 장치들이 화려한 터치 액정을 달고 있는 이유는 주로 시각적인 만족감을 위해서다. 문학이나 청각 매체에서는 반투명 디스플레이를 등장시킬 이유가 없다.

둘째, 소품 장치는 작품의 시대 배경과 분위기를 형성한다. 이러한 오브제들을 적재적소에 배치하는 것만으로 이야기 속 세계가 어느 정도 기술 수준을 지녔는지, 자원은 풍

족한지 등 다양한 정보를 효율적으로 전달할 수 있다. 화자가 끼어들어 설명할 수 없는 영상물에서는 특히 이런 장치들의 역할이 크다.

마지막 시사점이 가장 중요한데, 장치들이 실제로 어떻게 작동 가능한지에 대해 설명할 필요가 없다는 것이다. 〈스타트렉〉의 등장인물들은 모두 가슴에 조그만 통신기를 달고 있는데, 신기하게도 표면을 툭툭 두드리기만 하면 원하는 상대방과 통신이 연결된다. 통신을 원하는 상대가 누구인지 기계가 대체 어떻게 알고 있는 걸까? 원리는 모르지만 시각적으로 멋진 것은 사실이고, 쓸데없이 동작을 낭비하지 않아서 장면에 속도감도 부여할 수 있다.

나 역시 『테세우스의 배』에 '스마트팜(smartpalm)'이라는 장치를 등장시켰다. 이름에서 알 수 있듯 스마트폰을 손바닥에 옮겨 놓은 장치다. 현재보다 미래이지만 아주 멀지는 않은 미래라는 것을 직관적으로 보여 주기 위해 용도였다. 하지만 나는 스마트팜의 화면이 어떻게 손바닥에 표출될 수 있는지, 어떻게 조작이 가능한지 알지 못한다. 그런 것은 하나도 중요하지 않기 때문이다.

작가가 이런 장치들을 구상할 때 가장 중요한 것은 과학적 원리가 아닌 내적 완결성이다. 장치가 장면마다 그때그때 다른 기능과 성능을 보여 준다면 독자/소비자들은 이 장치를 의심하기 시작할 것이며, 이윽고 가짜라는 것을 알아채고 말 것이기 때문이다.

뭔지 모르겠지만 복잡한 설명

무언가 급박한 상황이 벌어지고, 시끄러운 알람 소리와 형형색색의 조명이 복잡하게 깜빡이는 와중, 과학자 혹은 그 비슷한 사람의 얼굴이 클로즈업되며 소리치기 시작한다. 대충 이런 식으로.

"Pena-Mirror 기관에 Type-5 문제가 생겼습니다. 그게 우리를 초공간 거품으로부터 지켜 주고 있었다고요! 이 문제를 해결하지 않으면 5분 내로 연구소가 산산조각 날 겁니다!"

뭔가 복잡한 정보들이 쏟아지지만, 여기서 실제로 정보 값을 지니는 대사는 '5분 내'와 '산산조각'뿐이다. 결국 위험하다는 말을 복잡하게 늘려놓은 것에 지나지 않는다.

왜 이런 하나 마나 한 소리를 늘어놓는 걸까? 일단 이렇게 써 놓으면 SF적인 느낌이 확 살아난다. 촘촘한 배경이 설정되어 있다는 점을 뽐낼 수도 있고. 게다가 대사를 읊는 캐릭터가 왠지 멋있고 똑똑해 보이는 효과도 있다.

모르는 용어가 나온다고 해서 당황하지 말자. 그냥 분위기를 즐기자. 의학 드라마에서 "스플린 디컴프레션 때문에 익스파이어 되겠어요! 바이코딘 100밀리그램 투여하세요. 오프렙 앰퓨테이션 준비하고!" 따위의 대사를 이해하고 보는 사람이 얼마나 되겠는가?

새로운 과학 이론

　뭔가 신나는 이야기를 구상했는데, 과학적으로 심각한 오류가 있다면 작가들은 어떻게 할까? 정답, 그럴싸한 가짜 과학 이론을 만들면 된다. 그런 다음 미래에 새롭게 발견될 이론이라고 주장하는 것이다.

　《기동전사 건담》의 로봇들은 우악스럽게 칼과 도끼를 들고 육탄전을 벌인다. 왜? 건담의 세계에는 '대통일 이론'이라는 과학 이론이 등장해 '미노프스키 입자'라는 물질로 전파와 레이더를 무용지물로 만들었기 때문이다. '헤인 시리즈'의 통신 장치인 '앤서블'은 어떻게 작동이 가능하지? '동시성의 원리'가 증명되었기 때문이다. 『무너지는 제국』의 웜홀인 '플로우'는 왜 소멸하거나 재배치될 수 있지? 플로우 학자들의 연구 결과가 그렇기 때문이다. 「미래로 가는 사람들」에서 주인공은 어떻게 먼 미래의 지구로 여행할까? '에키온'이라는 생물 덕분이다. 『돌이킬 수 있는』의 주인공들이 초능력을 쓰는 이유는? 운석에 '미지의 입자'가 묻어 왔기 때문이고.

　이런 식의 편리한 설정은 수많은 작품에서 발견된다. 그리고 당연하게도, 이 모든 이론들은 가짜다.

양자

자, 이제 공식을 하나 알려 주겠다. 바로 '양자=거짓말'이다. SF에서 양자라는 단어가 등장하면 무조건 의심하도록. 그럴싸한 거짓말일 가능성이 매우 높기 때문이다.

양자와 관련된 설정이 거짓말인 이유는 간단하다. 전 세계에서 양자역학의 원리를 이해하고 있는 사람은 극히 소수이며, 그들 또한 오직 수학 공식으로만 양자를 설명할 수 있기 때문이다. 일상의 언어로 양자를 풀이하는 순간 그 내용에는 반드시 왜곡이나 거짓이 담긴다.

하지만 양자는 SF에서 매우 각광받는 소재다. 광양자 어쩌니, 양자 컴퓨터니, 양자 세계를 통과해 시간 여행을 한다느니…. 양자, 양자, 양자라는 말은 이제 듣기만 해도 지겨울 지경인데도 매년 끊임없이 양자에 대해 떠드는 신작들이 쏟아진다.

SF 작가들은 어째서 양자를 이토록 사랑할까? 아이러니하게도 이해하기 어렵기 때문이다. 양자가 지닌 독특한 특성, 상식적인 물리법칙과 어긋나는 슈뢰딩거적이고 불확정적인 수학적 성질 때문에, 이렇게 적당히 둘러대기만 해도 독자/시청자들은 선뜻 반박하기 쉽지 않다. 혼란에 빠져 그런가 보다 하고 설정을 받아들이게 된다.

봐라, 지금도 어물쩍 그냥 넘어가지 않았는가.

코스믹 호러

코스믹 호러는 우주적 규모의 존재 또는 현상에서 비롯한 공포를 다룬다. 주인공은 인간의 상식과 너무 동떨어져 있어 이해할 수 없거나, 너무나 거대해 아무 대응도 할 수 없는 상황에 직면한다. 그는 두려움과 경외감을 느끼며 상황에 휩쓸렸다가, 이윽고 완전한 무력감에 잠겨 든다. 우주의 거대한 악의 앞에서 인간은 너무나 하찮것없는 미물이다.

위어: 이 배를 파괴할 수 있을 거라 생각했나? 이 우주선은 시공간을 초월해. 네가 상상도 못할 곳까지 갔다 왔어.

그리고 이제… 다시 돌아갈 시간이야.

밀러 : 그래, 지옥으로 말이지.

위어 : 아무것도 모르는군, 지옥이란 건 단어에 불과해.

실제는 훨씬, 훨씬 더 끔찍하지.

– 〈이벤트 호라이즌〉, 폴 앤더슨 감독, 1997년작

이 서브 장르에 대해서는 보통 '크툴루 신화'를 떠올리겠지만, 반드시 끈적촉수괴물이 나와야만 코스믹 호러인 것은 아니다. 음침한 외계 신들이 아니더라도 침략자 외계인, 귀신과 요괴, 심연의 악마, 벌레, 깊은 숲과 심해, 죽음의 운명 등 다양한 소재가 코스믹 호러로 다뤄질 수 있다.

〈이벤트 호라이즌〉에서 초광속 우주선 '이벤트 호라이즌'호는 인간이 상상도 할 수 없는 '어떤 곳'을 다녀오게 되고. 승무원들이 악마적 존재에 씌여 미쳐 버린다. 〈선샤인〉에서는 태양을 향해 나아가는 승무원들이 점차 가까워지는 태양 그 자체에 사로잡혀 광기에 빠진다. 〔하프 라이프〕에서

는 일곱 시간 만에 인류를 굴복시키는 압도적인 외계인들이 침공하고, 〈엑스파일〉의 외계인들은 추수꾼처럼 날짜를 정해 두고 인류를 수확할 날을 기다리고 있다. 「안개」에서는 정체불명의 괴물을 품은 안개가 마을을 덮치고, 『절망의 구』에서는 알 수 없는 검은 구체들이 나타나 인간들을 집어삼킨다. 〈저주받은 도시〉에서는 정체를 알 수 없는 열 명의 아이들이 한날한시에 태어난 이후 마을은 점점 끔찍하게 변해 간다. 「희박한 환각」에서는 심해의 벌레와 교감하고 끝내 집착적 로맨스에 사로잡힌다. '파이널 데스티네이션 시리즈'에서는 결코 피할 수 없는 죽음의 운명 그 자체가 코스믹 호러를 만들어 낸다.

침략자 외계인과 관찰자 외계인

SF의 세계에는 다양한 외계인이 등장한다. 그중에서도 가장 일반적인 외계인의 패턴은 침략자와 관찰자인 것 같다. 이 두 가지 패턴만으로도 지구상의 외계인 대부분을 분류할 수 있을 정도다.

침략자 외계인

외계인이 등장하는 작품 중 가장 많은 수를 차지하는 것은 침략자 외계인이다. 이 부류의 외계인들은 보통 성격이 포악하고, 도무지 이해할 수 없는 이유로 지구를 침공한다. 이들은 대개 물을 훔쳐 가려는 경향이 있는데, 우주에서 첫 번째와 세 번째로 흔한 물질인 수소와 산소를 왜 그렇게 힘든 방식으로 구하려는지 잘 이해가 되지 않는다. 심지어 〈싸인〉의 외계인은 물이 약점이기까지 하다. 〈오블리비언〉의 외계인들도 머나먼 우주를 건너와 포악한 인간들과 싸워가며 힘겹게 바닷물을 채취한다. 눈물이 날 지경이다.

이들은 어째선지 인류가 어렵사리 맞서볼 만한 수준의 군사력만 지니고 있는 경우가 많고(《월드 인베이전》, 〈엣지 오브 투모로우〉, 〈배틀 쉽〉), 혹은 막강한 군사력을 가졌더라도 어이없는 약점을 지니고 있어 패배하기도 한다(《인디펜던스 데이》, 〈화성 침공〉, 〈우주 전쟁〉). 결국 인류가 승리해야 하니 어쩔 수 없는 부분이랄까. 아마 그들이 만든 SF에선 인류가 패배하고 있겠지. 물론 가끔은 〈스카이라인〉이나 《시도니아의 기사》처럼 도저히 이길 수 없는 압도적인 존재로 등장하기도 한다.

관찰자 외계인

관찰자 외계인들은 오직 숨어서 관찰할 뿐, 인류에게 어떤 영향도 미치지 않는다. 〈스타트렉〉의 최우선 명령(Prime Directive)과 유사한 설정을 가진 경우도 있고(《우주의 스텔비아》, 《지구를 지켜라!》), 침략의 선발대이거나(《엑스파일》), 종족 자체가 관찰과 기록에 집착하는 경우도 있다(《에이전트 오브 쉴드》의 크로니쿰). 그저 개인적인 관심으로 관찰하는 경우나(《케이팩스》), 죄를 짓고 지상으로 추방되는 패턴(《프라네테스》)도 존재한다.

이들은 대개 인간의 모습으로 변장하고 우리의 모습을 관찰한다. 외계인의 시선으로 바라보는 인간의 모습은 어딘가 낯설고 비합리적이다. 정체를 들킬까 조마조마한 스릴러 요소가 가미되거나, 인간 사회에 적응하지 못해 우스꽝스러운 행동을 하는 유머로 기능하기도 한다.

그러나 그들이 언제 침략자로 돌변해 우리를 끔찍하게 학살할지 누구도 알 수 없다.

신체강탈자

신체강탈자(Body Snatcher)는 좀비와 더불어 유구한 전통을 자랑하는 서브 장르다. 냉전 시대 스파이의 세련된 은유인 이 존재들은 인간의 몸을 훔쳐 그 사람을 똑같이 흉내 낸다. 설정하기에 따라서는 기억조차 훔쳐 완벽하게 원본 행세를 하기도 한다. 누구도 믿을 수 없다는 공포와 '진짜? 가짜?' 놀이가 결합한 것이다.

가장 기본적인 유형은 원본인 인간을 죽이거나 잡아먹은 다음 그의 행세를 하는 패턴이다. 가장 대표적인 작품은 《기생수》인데, 이 작품의 신체강탈자들은 인간의 머리를 뜯어먹은 다음 원본을 대체한다. 또 다른 유형은 숙주를 조종하는 유형이다. 〈엑스파일〉에 등장하는 외계 생명체인 '검은 기름'은 인간의 얼굴로 들어가 그를 조종하고, 〈패컬티〉의 외계 생명체도 귀로 들어가 인간을 지배한다. 이 경우엔 숙주가 살아 있는 상태이므로 아직 희망이 남아 있다. 마지막 유형은 감염이다. 〈더 씽〉(1982)에서는 남극에 잠들어 있던 외계의 세포가 감염을 일으켜 신체를 강탈한다. 〈인베이전〉(2007)에서는 감염자가 내뿜는 점액질을 통해 신체강탈자 바이러스가 퍼져 나간다. 때문에 이 이야기에서는 백신을 찾는 과정이 이야기의 중심이 된다.

미지의 자연 현상

'새로운 과학 이론'의 배경 버전이다. 끝내주는 무대를 상상해 냈는데, 과학적으로 말이 되지 않는다면 작가들은 어떻게 할까? 정답, 현재의 과학으로 설명되지 않는 미지의 현상이 일어나고 있다고 말하면 된다.

가장 대표적인 작품은 『솔라리스』이다. 이 이야기에서 주인공은 미지의 행성 '솔라리스'에 도착하고, 그곳에서 오래전 죽은 아내와 재회한다. 「브로콜리 평원의 혈투」에서는 미지의 우주 바이러스가 지구에 퍼지고, 인류는 용불용설처럼 필요에 따라 육체가 변화하는 현상을 겪기 시작한다. 「우주에서 온 색채」에서는 마을에 운석이 떨어지는데, 그 주위로 알 수 없는 '색채'가 퍼져 나간다. '서던리치 시리즈'의 무대인 'X구역'에서는 사람들이 기억을 잃거나, 유전적으로 말이 되지 않는 형태의 생명체들이 생겨나기 시작한다. 『청혼』에서는 우주적인 괴현상이 일어나 목성 근처에서 미지의 함대가 출현한다. '파멸의 신전'이라 불리는 적들의 정체는….

What IF 세계

SF의 특징적인 규칙인 '외삽(extrapolation)'을 극한까지 활용한 이야기들로, 이 패턴의 작품들은 아주 특별한 상황을 가정한 다음, 그에 맞게 달라진 세계를 묘사한다.

'What IF?' 이야기의 핵심적인 특징은 세계가 변화하는 데 특별한 과학적 근거가 필요하지는 않다는 점이다. 그저 "어느 날 남자들이 사라지기 시작했다"고 선언하거나(『지상의 여자들』), 아예 원래부터 '용이 있는 세계'인 것처럼 가정해

(「신화의 해방자」) 뻔뻔하게 설정을 밀어붙이면 된다. 이런 종류의 이야기에서 중요한 것은 변화의 이유나 과정이 아니라, 변수를 조정했을 때 세계가 어떻게 달라질 것인가를 탐구하는 데 있기 때문이다.

어느 날 더는 아기가 태어나지 않는다면 어떻게 될까? 『사람의 아이들』은 이러한 설정을 가정한 다음, 유일한 임산부인 '키'를 둘러싼 갈등을 그린다. 『시녀 이야기』, 「로드킬」, 『노래하던 새들도 지금은 사라지고』도 이와 유사한 디스토피아를 그린다. 출산 가능한 여성이 점차 줄어들자 사회는 여성들에게 섬뜩한 폭력을 가하기 시작한다. 반면 『파워』는 "여성들에게 모든 권력이 주어진다면 어떻게 될까?"를 가정한 이야기다. 「기사증후군」은 정말 귀여운 설정을 갖고 있는데, "남자들이 기가 죽으면 발작을 일으켜 사망하는 질병이 생긴다"는 것이다.

이런 종류의 이야기는 꾸준히 생산되고 있다. 『아직은 신이 아니야』는 어느 날 아이들에게 초능력이 생겨난 세계를, 『화씨 451』은 책이 모두 사라진 세계를, 『천국보다 성스러운』에서는 광화문 한복판에 신이 자신의 모습을 드러낸(하필백인 남성의 모습으로) 상황을 그린다. 어떤 상황을 상상하든 그건 작가의 자유다.

'What IF?' 이야기는 극단적인 상황 설정을 외삽하여 복잡계인 현실을 단순화한 모형으로 구현해 낸다. 그 결과, 사회의 모순 뒤에 감추어진 진실은 명징하게 드러나고, 인간성의 껍데기는 벗겨진다.

물론 그런 복잡한 의도 없이도 'What IF?' 이야기를 만들 수 있다. 누구나 마음속에 품고 있던 가정을 시뮬레이션해 볼 수도 있고, 사람들의 욕망을 대리 충족하는 도구로도 활용할 수 있다. 어쩌면, 그냥 작가 혼자만의 실없는 상상일 수도 있고.

초능력

초능력은 어째서 SF인가? 명확히 설명하기는 어려우나, 대체로 20세기 중반 초능력 붐의 영향 때문으로 추측된다. 2차 대전 이후 세계는 이성과 합리성에 대해 크나큰 비관에 빠졌고, 과학은 서서히 신비주의와 결합하기 시작했다. 동양사상이 유행처럼 서구 사회 전반으로 번졌고, 히피와 뉴에이지가 탄생했다. 이 과정에서 초능력에 대한 관심도 늘어났다.

그런데 하필 이 시기는 미-소 냉전이 한창이었고, 군사적인 목적으로 진지하게 초능력을 연구하는 경우도 생겨났다. 우리가 익히 알고 있는 초능력의 이미지도 이런 과정 속에서 탄생한다. 미친 과학자와 냉혹한 군인들, 방사능과 독극물, 비인도적인 실험과 비밀 군사 조직, 분노와 폭력으로 발화되는 초인적 능력들….

『이상한 존』은 초인 성장담 이야기의 원형 중 하나다. 서로를 낯설게 바라보며 이해하지 못하는 초인과 인간, 새롭게 등장하기 시작한 신인류와 기존 인류 사이의 갈등, 초월적 존재들이 만들어 가는 유토피아의 경이감 등 이 서브 장르의 주요한 재료가 모두 담겨 있다. 『아직은 신이 아니야』, 『민트의 세계』 연작에서는 사람들에게 초능력을 부여하는

'배터리'라는 존재가 등장하면서 점차 초능력이 일상화되는 세계를 그린다. 청소년 소설답게 아이들의 성장담으로 시작하는 이 이야기는 점차 개인의 이야기를 넘어 인류의 성장 이야기로, 종국에는 인류조차 넘어선 지성 그 자체의 성장으로까지 확대된다. 이보다는 조금 스케일이 작은 편이지만 〈The 4400〉 또한 초능력이 생겨난 세계에서 구인류와 신인류가 대립하며 새로운 질서를 세우는 과정을 그린다.

물론 초능력이 항상 이런 방식으로 진지하게 다루어지는 것은 아니다. 오히려 초능력의 진정한 가치는 오락성에 있다. 사실 초인 이야기를 즐기는 일은 '길가메시 서사시' 때부터 이어져 온 유구한 전통이다. 그리스 신들도 초능력을 하나씩 가졌고, 예수님도 기적을 행하지 않던가. 심지어 힌두 경전인 '바가바드 기타'는 사람들이 기나긴 설법을 지루해할까 봐 초인들의 전쟁 이야기를 도입부에 삽입하기도 했다. 초능력 이야기를 좋아하는 것은 사람들의 오랜 본능인 모양이다.

이 때문에 미국의 코믹스 회사들은 영웅 민담과 신화를 현대적으로 재해석하여 일종의 아이돌 산업을 만들어 냈다. 이 서브 장르의 이름은 바로 '수퍼히어로'다. 매력적인 성격과 외양, 독특한 배경 스토리가 초능력과 어우러져 하나의 히어로가 완성되고, 독자들은 이들이 대립하고 갈등하며, 때로는 고뇌하는 모습에 스스로를 이입한다. 여기에 '누가 누가 더 강할까?' 놀이는 덤이다. 자세한 설명은 하지 않겠다. 〈어벤져스〉라는 네 글자 외에 더 이상 무슨 설명이 필요할까.

히어로 이야기가 인물의 매력과 신화적 고뇌에 집중한다

면, '능력자 배틀물'은 초능력 자체에 보다 집중한다. 요코야마 미츠테루, 이시노모리 쇼타로 등이 닌자 소설의 전통을 이어받아 탄생시켰고, 이윽고 아라키 히로히코의 손에서 완성된 이 서브 장르의 가장 큰 특징은 '미스터리성'이다. 《죠죠의 기묘한 모험》에서 등장인물들은 '스탠드'라는 실체를 알 수 없는 초능력 분신을 지닌다. 등장인물들은 상대 스탠드의 초능력이 무엇인지, 어떤 원리인지, 어떤 약점을 지니고 있는지 밝혀 내야 한다. 단순한 힘의 충돌이 아닌, 비밀을 밝혀 나가는 과정이 흥미를 일으키는 핵심인 것이다. 『돌이킬 수 있는』에서는 물체를 파괴하는 파쇄자, 정지시키는 정지자, 원상태로 되돌리는 복원자 사이에 물고 물리는 상성 관계가 이루어진다. 이 작품에서는 초능력자들마다 다룰 수 있는 물체의 종류가 달라 상대가 무엇을 조작할 수 있는지 알아내는 것이 중요해진다.

감정을 없애는 기술

감정이 사라진 세계는 디스토피아를 그리는 이야기들 중에서도 흔히 반복되는 패턴이다. 이 유형의 작품들은 대개 차가운 이성에 대한 두려움, 점점 냉혹해져 가는 사회에 대한 공포를 바탕에 두고 있다. 감정은 인간성의 중요한 부분이다. 감정이 제거된 인류는 지금까지와는 전혀 다른 존재로 변모할 수밖에 없다.

〈이퀄리브리엄〉에서 독재자는 시민들을 통제하는 수단으로 감정을 제거하는 알약을 배포한다. 주인공은 약을 거부하는 사람들을 체포하는 비밀 경찰이었다가, 끝내 체제에 반기를 들기 시작한다. 『멋진 신세계』에서는 반대로 언제나 행복감을 느끼는 알약을 배포한다. 사람들은 만족하지만, 이는 감정이 마비된 것과 같다. 「그림자놀이」에서는 사람들이 자발적으로 '깨진 거울 수술'을 받는다. 타인의 감정에 공감하는 능력을 차단하여 인류는 혼란스러운 감정들에서 해방되고, 전쟁과 폭력도 사라진다. 하지만 타인을 이해하는 통로도 사라진다. 이야기의 주인공 서이라는 깨진 거울 수술을 통해 소중한 사람과 헤어진 아픔을 잠재우지만, 수술은 오히려 그와의 재회를 방해하는 장벽이 되어 버린다.

아포칼립스

아마 아포칼립스는 가장 인기 있는 서브 장르 중 하나일 것이다. 사람들은 왜 이렇게 지구를 박살 내지 못해 안달인지, 생각할 수 있는 모든 방법으로 지구를 부수고 부수고 또 부순다. 사람들은 종말을 두려워하면서도, 동시에 강하게 매혹되는 모양이다.

1. 문명이 무너지는 단계

대부분의 좀비물이나 전염병 이야기들이 여기에 해당한다. 문명은 이제 막 무너지는 중이며, 아직은 돌이킬 만한 여지가 있다. 우리의 주인공들은 종말을 막기 위해 힘겹게 노력한다. 『세계대전 Z』의 영화판인 〈월드워 Z〉(2013)에서 주인공은 좀비 바이러스를 치료할 백신을 찾아 나선다. 〈터미네이터〉에서는 인공지능과의 전쟁에서 승리하기 위해 노력한다. 전쟁의 성패는 과거로 돌아가 반란군 지도자의 어머니를 지켜내는 일에 달려 있다. 〈맛집 폭격〉에서는 미사일을 주고받는 전쟁이 한창이며, 주인공은 상호확증파괴를 막기 위해 노력한다.

누군가가 종말을 막기 위해 노력하는 사이, 누군가는 생존을 위해 발버둥 친다. 『눈먼 자들의 도시』에서는 모두가 맹인이 되어 버리고, 「사방에서 신록이 스멀거리고」에서는 사람들이 광증으로 미쳐 가기 시작한다. 《드래곤 헤드》에서는 화산 폭발로 일본이 괴멸하고, 《조의 영역》에서는 거대해진 물고기들이 서울을 덮친다. 〔60 Seconds!〕는 핵폭발 60초 전 상황에서 시작하는 게임이다. 플레이어는 60초 안에 필요한 물건을 챙겨 방공호로 들어가야 한다. 이런 절망적인 상황 속에서 주인공은 끝까지 생존할 수 있을까?

2. 문명이 무너졌으나 완전히 잊히지는 않은 단계

저런, 이미 문명은 망했다. 하지만 문명 시대에 대한 기억은 생생하게 남아 있다. 종말의 사건을 막지는 못했지만, 문명을 복원할 여지는 충분하다.

이런 이야기에서는 대개 책과 지식을 보존하고 있는 사람들이 등장하지만, 대개는 결국 자료가 유실되어 독자/시청자들의 마음속에 안타까움을 자아내곤 한다. 《총몽》에서 인류는 지하에 숨어 지식을 보존하며 핵겨울이 끝나기만을 기다린다. 하지만 흡혈귀들이 나타나 그들을 사냥하기 시작한다. 〈일라이〉에서는 마지막 한 권 남은 성경을 안전한 곳에 보관하기 위해 여행을 떠난다. 〔데스 스트랜딩〕에서는 시간을 가속하는 비가 내리고, 비를 맞은 문명은 순식간에 부스러져 흙으로 돌아간다. 주인공은 문명 세계를 다시 연결하기 위해 오늘도 택배를 배송한다. 〈설국열차〉에서는 지구 온난화를 막으려다 빙하기가 찾아오고, 사람들은 문명의 축소판인 달리는 열차 안에서 얼음이 녹기만을 기다린다.

반면, 종말을 기다리며 느긋이 살아가는 사람들도 있다. 《카페 알파》에서 인류는 서서히 높아지는 해수면과 함께 쇠락을 향해 나아가지만, '카페 알파'의 로봇 점장 알파는 그저 손님들을 맞으며 커피를 대접할 뿐이다. 「달은 초록으로 빛난다」에서는 핵전쟁을 피해 지하로 숨어든 사람들이 방사능이 사라지기만을 지루하게 기다리고 있다. 하지만 누군가는 초록빛 바깥세상에 대한 매혹을 참을 수가 없다. 「지상 최후의 사람일까요」에서는 홀로 남은 인간 아이가 AI들과 함께 텅 빈 서울 시내를 유유히 거닌다. 최후의 아이는 어떤 결정을 내리게 될까?

가장 유명한 클리셰인 '아담과 이브 이야기'는 이제는 좀 그만 보고 싶은 유형이다. 이 패턴의 이야기는 이렇다. 인류는 멸망하고 딱 두 사람만 남게 된다. 남자 아이와 여자 아이. 과학자(혹은 부모)는 이들을 위해 새로운 세상을 준비해주고, 두 사람은 무너진 세상에서 새로운 인류를 잉태하기 시작한다. 이 패턴은 낡다 못해 썩어 문드러질 지경이라 진즉에 탈락되었어야 할 규칙인데도, 장르 규칙에 무지한 창작자가 새로 유입될 때마다 끊임없이 반복되며 생명을 이어가고 있다. 가끔은 멋들어진 변주가 일어나기도 하지만, 대부분은 뻔한 이야기로 흘러간다.

3. 문명의 부스러기를 먹고 사는 단계

자, 이제 문명은 완전히 망했다. 인간들은 더 이상 과거의 문명을 이해할 능력을 잃었다. 드문드문 남아 있는 문명의 부스러기들을 주워다 근근이 생존을 이어갈 뿐이다. 잊고 있었던 야만이 다시 우리를 지배하기 시작한다. '매드맥스 시리즈'는 포스트 아포칼립스의 이미지를 확립한 대표적인 작품이다. 사람들은 반쯤 미쳐 있으며, 괴상한 옷차림을 하고 있다. 그들의 유일한 의사소통 수단은 바로 폭력이다. 대지는 방사능에 병들어 아무런 생명도 틔워 내지 못한다. 마치 원시 부족사회로 퇴행한 듯, 사람들은 무리 지어 다니며 마지막 남은 통조림과 석유를 차지하기 위해 서로를 죽인다. [폴아웃]도 비슷한 세계를 배경으로 하는 RPG다.

《블레임!》에서는 고도로 발전한 문명이 멸망하고, 인류는 과거 문명의 잔재인 거대한 빌딩 속에서 근근이 생존을 이어간다. 「라만차의 기사」에서는 에너지 부족으로 인류가 쇠멸해 가고 있으며, 라만차의 베테랑 기사는 마지막 남은 전쟁 무기인 거대 로봇을 이용해 AI가 지배하는 발전 단지를 되찾으려 전투에 나선다.

4. 완전히 쇠락하여 문명이 잊힌 단계

이제 과거의 기록은 흔적조차 사라지고, 인류는 다시 처음부터 문명을 쌓아 올려야 한다. 《바람계곡의 나우시카》에서 문명의 기억은 신화 속 이야기처럼 전해진다. 지독한 독기를 뿜는 오염된 숲을 피해, 사람들은 다시 농경을 시작한다. 《천공의 성 라퓨타》도 이와 비슷한 모티브를 공유하고 있다. 《턴에이 건담》에서는 우리가 알고 있는 모든 건담 세계가 전쟁으로 멸망하고, 인류는 다시 수천 년간 문명을 쌓아 올려 산업혁명 수준에 이른다. 그러던 중 광산 속에서 과거의 전쟁 무기들이 다시금 발굴되기 시작하는데….

「미래로 가는 사람들」에서는 주인공이 탄 우주선이 지구의 미래로 향하고, 미래에서 문명은 끊임없이 멸망과 재생을 반복한다. 「순례자들은 왜 돌아오지 않는가」와 「인지공간」은 엄밀히 따지면 포스트 아포칼립스 이야기가 아니지만, 문명 쇠락의 모티브를 어느 정도 차용하고 있다.

좀비

좀비는 원래 부두교의 시체 소생 주술로, 판타지나 호러 영역에 자리 잡고 있던 존재였다. 하지만 〈살아 있는 시체들의 밤〉(1968)이 '목성 방사능'을 언급하는 순간부터, 이 가련한 시체들은 SF의 세계로 붙잡혀 오고 말았다.

좀비의 발생 원리로는 '바이러스 감염'설이 거의 정석처럼 받아들여지고 있지만, 사실 이 전통은 그리 오래된 것이 아니다. 1996년작 〔바이오 하자드〕의 T바이러스, 2002년작 〈28일 후〉의 분노 바이러스가 등장하기 전까지는 좀비의 부활에 무언가 신비주의적인 설명이 붙거나, 아예 설명하지 않는 경우도 많았다. 물려도 감염되지 않았고.

최근에는 바이러스를 벗어난 다양한 원인들이 등장하고 있다. 〔라스트 오브 어스〕에서는 동충하초의 포자가 좀비화의 원인이고, 《데드 데이즈》에서는 (스포일러!)를 먹은 탓에 좀비가 된다. 〈워킹데드〉의 경우엔 바이러스가 원인인 것은 맞지만 이미 모든 인류가 감염되어 있어 좀비에게 물리지 않은 사람도 죽으면 좀비로 부활한다. 「에딘에게 보고합니다」에서는 인류가 이미 멸망한 지 오래이며 안드로이드들이 컴퓨터 바이러스로 서로를 좀비처럼 감염시킨다.

이처럼 좀비 이야기는 무수한 변형을 낳으며 현재도 끊임없이 새로운 패턴을 만들어 내고 있다. 〔바이오 하자드〕의 영화판인 〈레지던트 이블〉에서 좀비는 더 이상 공포의 대상이 아니다. 밀라 요보비치가 미모를 뽐내며 분당 60컷의 현란한 편집으로 학살하기 위한 허수아비일 뿐이다. 〈킹덤〉은 조선 사극과 좀비를 결합시켰고, 「백혈」은 스페이스 오페라에 좀비를 풀어놓았다. 이 작품에서는 초광속 우주선이 좀비로 가득 차게 되는데, 신체가 개조된 초인부대가 압도적인 신체 능력으로 좀비들에 맞선다. 로맨스와 결합한 작품들도 있다. 《당신의 모든 순간》은 좀비 사태 속에서 꽃피는 순정을 그리며, 〈웜 바디스〉에서는 아예 한술 더 떠 좀비가 인간과 사랑에 빠진다. 심지어 코미디와 결합한 《좀비딸》, 〈좀비랜드〉 같은 작품도 존재한다.

대체 사람들은 왜 이렇게 좀비 이야기를 좋아할까?

첫째, 좀비 이야기는 아포칼립스로 이어진다. 종말은 언제나 재미있는 소재다. 극한 상황 속에서 인간은 쉽게 밑바닥을 드러내고, 우리의 주인공은 좀비뿐만 아니라 인간들과도 아귀다툼을 벌여야만 한다. 이런 이야기에서는 언제나 좀비보다 인간의 악의가 더 무섭다.

둘째, 합법적인 살인 이야기이기 때문이다. 좀비는 인간이 아니기 때문에, 독자/시청자들은 아무런 죄책감 없이 살육의 카타르시스를 즐길 수 있다. 한 편의 좀비 이야기에서 얼마나 많은 좀비들이 죽음을 맞이하는지 숫자를 세어 본다면 당신은 아마 깜짝 놀랄 것이다. 똑같은 수의 인간을 죽이는 이야기였다면 아무래도 윤리적으로 부담스럽다. 아, 물론 〈존 윅〉은 그보다 훨씬 많이 죽인다. 하지만 무수히 죽어 나간 좀비들의 선례가 없었다면 〈존 윅〉 같은 영화가 사람들에게 받아들여질 수 있었을까?

셋째, 좀비는 어쩐지 우리를 닮았다. 매일 비슷한 삶을 반복하며, 죽지도, 쉬지도 못하고, 황폐한 도시를 부랑아처럼 전전하다 가끔 고기나 주워 먹는다는 점에서 우리나 좀비나 뭐가 그리 다를까. 온라인 플랫폼 브릿G의 '좀비 아포칼립스 문학상'에 출품되는 작품들 중에 일상생활을 배경으로 한 좀비 이야기가 흔한 것도 비슷한 이유가 아닐까. 어쩌면 우리는 이미 좀비 바이러스에 감염되었는지도 모른다.

그랜드 플랜

심리역사학자 해리 셸던은 오랜 연구 끝에 은하 제국이 멸망하고 인류에게 3만 년간 암흑기가 찾아오리라 예측한다. 그는 이를 1000년으로 줄일 수 있는 방법을 계산하고, 인류의 지식을 보존하는 최후의 보루를 설립한다. 그 유명한 '파운데이션 시리즈'의 시작이다. 아시모프는 50년간 이 시리즈를 집필하며 500년에 달하는 대하 서사를 완성했다. 그리고 그 장대한 역사의 바탕에는 인류의 미래를 설계한 해리 셸던의 계획이 있었다.

『듄』의 주인공 폴 아트레이드는 '베네 게세리트'라는 신비한 교단의 예지능력으로 황제의 자리에 오른다. 하지만 그 과정에서 폴을 숭상하는 광신도들이 생겨났고, 그들의 광기에 의해 수천 년 뒤 인류가 멸망하게 되리라는 미래 또한 알게 된다. 폴은 그 모든 파멸을 피할 유일한 선택지를 알고 있다. 그는 이 방법을 '황금의 길'이라 부른다. 황금의 길은 그의 자식인 레토 2세를 통해 수천 년간 지속되며, 그 영향은 1만 년 가까이 이어진다.

우주의 장대한 역사를 그리고 싶다는 욕망. SF 작가라면 다들 한 번쯤은 품어 보지 않았을까? 인간의 상상을 아득히 뛰어넘는 장대한 스케일의 서사는 우리에게 거대한 경이감을 불러일으킨다. 그랜드 플랜은 이러한 빅 히스토리의 설계도다.

작품 바깥에서 그랜드 플랜이 작동하는 경우도 존재한다. 로버트 A. 하인라인은 '미래사' 세계관에 속하는 여러 작품들의 연작을 통해 미래에 대한 비전을 완성하고, 아서 C. 클라크의 '스페이스 오디세이 시리즈'는 2001년부터 3001년까지 천년의 역사를 그린다. 《파이브 스타 스토리》는 1권 부록에서 대략 3000년에 달하는 연표를 미리 제시한다. 돌이켜 생각하면 그 빼곡한 연표야말로 이 만화의 가장 큰 매력이었는지도 모르겠다.

어디 그뿐일까. SF 걸작들이 제시한 비전이야말로 우리에게 주어진 거대한 설계도는 아니었을까? 일론 머스크가 '파운데이션 시리즈'에서 영감을 얻어 '스페이스X'를 설립했다는 일화는 유명하다. 경이감에 영혼을 사로잡힌 아이들은 이제 어른이 되어 거장들이 제시한 미래를 자신의 손으로 직접 만들어 나가고 있다. 미래는 예측되는 것일까? 만들어지는 것일까?

어쩌면 우리는, 인류는, SF라는 거대한 그랜드 플랜에 사로잡힌 것인지도 모른다.

（부록2）

언급된 작품들

* 출판물의 경우 국내 출간 또는 연재 기준, 가나다순으로 작성함.
* 영상 및 게임의 경우 발표연도를 기준으로 작성함.

장편 소설

· 『7인의 집행관』, 김보영, 폴라북스, 2013
· '견인도시 연대기', 필립 리브, 김희정 옮김, 부키
  - 『모털 엔진』, 2010
  - 『사냥꾼의 현상금』, 2010
  - 『악마의 무기』, 2010
  - 『황혼의 들판』, 2011
· 『그림자 자국』, 이영도, 황금가지, 2008
· 『근육 조선』, 차돌박E, 문피아, 조아라 등 연재, 2019~
· 『기파』, 박해울, 허블, 2019
· 『나니아 연대기』, C. S. 루이스, 햇살과나무꾼 옮김, 2001
· 『나를 보내지 마』, 가즈오 이시구로, 김남주 옮김, 민음사, 2009
· 『나이트 플라이어』, 조지 R. R. 마틴, 김상훈 옮김, 은행나무, 2018
· 『낙원의 샘』, 아서 C. 클라크, 고호관 옮김, 아작, 2017
· 『내 이름은 콘래드』, 로저 젤라즈니, 김상훈 옮김, 시공사, 2005
· 『노래하던 새들도 지금은 사라지고』, 케이트 윌헬름, 정소연 옮김,
  행복한책읽기, 2005
· 『노인의 전쟁』, 존 스칼지, 이수현 옮김, 샌터사, 2009
· 『눈먼 자들의 도시』, 주제 사라마구, 정영목 옮김, 해냄, 1998
· 『뉴로맨서』, 윌리엄 깁슨, 김창규 옮김, 황금가지, 2005
· 『다잉 인사이드』, 로버트 실버버그, 장호연 옮김, 책세상, 2005
· 『대우주시대』, 네이선 로웰, 이수현 옮김, 구픽, 2017
· 『돌이킬 수 있는』, 문목하, 아작, 2018
· '듄 시리즈', 프랭크 허버트, 김승욱 옮김, 황금가지
  - 『듄』, 2001
  - 『듄의 메시아』, 2001

　　　-『듄의 아이들』, 2002

　　　-『듄의 신황제』, 2002

　　　-『듄의 이단자들』, 2001

　　　-『듄의 신전』, 2003

· 『드래곤 라자』, 이영도, 황금가지, 1998

· 『라마와의 랑데부』, 아서 C. 클라크, 박상준 옮김, 아작, 2017

· 『로도스도 전기(마계마인전)』, 미즈노 료, 이미화 옮김, 들녘, 1995

· '로봇 시리즈', 아이작 아시모프

　　　-『아이, 로봇』, 김옥수 옮김, 우리교육, 2008

　　　-『로봇과 제국』, 정철호 옮김, 현대정보문화사, 2002

· 『링월드』, 레리 니븐, 고호관 옮김, 새파란상상, 2013

· 『마션』, 앤디 위어, 박아람 옮김, 알에이치코리아, 2015

· '마시는 새 시리즈', 이영도, 황금가지

　　　-『눈물을 마시는 새』, 2003

　　　-『피를 마시는 새』, 2005

· 『맛집 폭격』, 배명훈, 북하우스, 2014

· 『멋진 신세계』, 올더스 헉슬리, 안정효 옮김, 소담출판사, 2015

· 『민트의 세계』, 듀나, 창비, 2018

· 『바람의 마도사』, 김근우, 무당미디어, 1996

· 『반지의 제왕』, J. R. R. 톨킨, 한기찬 옮김, 황금가지, 2001

· 『백만 번의 종말』, 남세오(노말시티), 브릿G 게재, 2019

· 『별을 쫓는 자』, 로저 젤라즈니, 김상훈 옮김, 북스피어, 2008

· 『별의 계승자』, 제임스 P. 호건, 이동진 옮김, 오멜라스, 2009

· '보르코시건 시리즈', 로이스 맥마스터 부졸드, 씨앗을뿌리는사람

　　　-『명예의 조각들』, 김창규 옮김, 2013

　　　-『전사 견습』, 이지연 옮김, 2013

　　　-『보르 게임』, 이지연, 김유진 옮김, 2013

· 『사람의 아이들』, P. D. 제임스, 이주혜 옮김, 아작, 2019

· 『삼체』, 류츠신, 이현아 옮김, 단숨, 2013

· '상호의존성단 시리즈', 존 스칼지, 유소영 옮김, 구픽
　–『무너지는 제국』, 2018
　–『타오르는 화염』, 2019
　–『The Last Emperox』, 출간 예정
· '서던리치 시리즈', 제프 벤더미어, 정대단 옮김, 황금가지
　–『소멸의 땅』, 2017
　–『경계 기관』, 2017
　–『빛의 세계』, 2017
· '서부해안 연대기', 어슐러 K. 르 귄, 이수현 옮김, 시공사
　–『기프트』, 2009
　–『보이스』, 2009
　–『파워』, 2009
· 『성계의 문장』, 모리오카 히로유키, 김영종 옮김,
　대원씨아이, 2010
· 『세계대전 Z』, 맥스 브룩스, 박산호 옮김, 황금가지, 2008
· 『솔라리스』, 스타니스와프 렘, 김상훈 옮김, 오멜라스, 2008
· 『스타메이커』, 올라프 스태플든, 유윤한 옮김, 오멜라스, 2009
· 『스타십 트루퍼스』, 로버트 A. 하인라인, 강수백 옮김,
　행복한책읽기, 2003
· 『슬레이어즈』, 칸자카 하지메, 김영종 옮김, 대원씨아이, 1997
· 『시녀 이야기』, 마거릿 애트우드, 김선형 옮김, 황금가지, 2002
· 『신들의 사회』, 로저 젤라즈니, 김상훈 옮김, 행복한책읽기, 2006
· 『신 엔진』, 존 스칼지, 이수현 옮김, 폴라북스, 2014
· '아너 해링턴 시리즈', 데이비드 웨버, 행복한책읽기
　–『바실리스크 스테이션』, 김상훈 옮김, 2014
　–『여왕 폐하의 해군』, 김상훈 옮김, 2016
　–『순양전함 나이키』, 강수백, 김유진 옮김, 2019
· 『앰버 연대기』, 로저 젤라즈니, 김상훈 옮김, 예문, 2000
· 『어둠의 속도』, 엘리자베스 문, 정소연 옮김, 북스피어, 2007

· '어스시의 마법사 시리즈', 어슐러 K. 르 귄, 최준영, 이지연 옮김,
  황금가지(개정판 기준)
  - 『어스시의 마법사』, 2006
  - 『아투안의 무덤』, 2006
  - 『머나먼 바닷가』, 2006
  - 『테하누』, 2006
  - 『어스시의 이야기들』, 2008
  - 『또 다른 바람』, 2009
· '얼음과 불의 노래 시리즈', 조지 R. R. 마틴, 이수현 옮김,
  은행나무(개정판 기준)
  - 『왕좌의 게임』, 2017
  - 『왕들의 전쟁』, 2017
  - 『검의 폭풍』, 2018
  - 『까마귀의 향연』, 2019
· 『엔더의 게임』, 오슨 스콧 카드, 백석윤 옮김, 루비박스, 2008
· 『영원의 끝』, 아이작 아시모프, 김창규 옮김, 뿔, 2012
· 『영원한 전쟁』, 조 홀드먼, 강수백 옮김, 행복한책읽기, 2005
· '오디세이 시리즈', 아서 C. 클라크, 황금가지(개정판 기준)
  - 『2001 스페이스 오디세이』, 김승욱 옮김, 2017
  - 『2010 스페이스 오디세이』, 이지연 옮김, 2017
  - 『2061 스페이스 오디세이』, 송경아 옮김, 2017
  - 『3001 스페이스 오디세이』, 송경아 옮김, 2017
· 『오류가 발생했습니다』, 이산화, 그래비티북스, 2018
· '옥스퍼드 시간여행 시리즈', 코니 윌리스, 최용준 옮김, 아작
  - 『둠즈데이 북』, 2018
  - 『개는 말할 것도 없고』, 2018
  - 『블랙 아웃』, 2018
· 『우주 전쟁』, H. G. 웰즈, 임종기 옮김, 책세상, 2003
· 『유년기의 끝』, 아서 C. 클라크, 정영목 옮김, 시공사, 2002

· 『은하수를 여행하는 히치하이커를 위한 안내서』,
더글라스 애덤스, 김선형, 권진아 옮김, 책세상, 2004

· 『은하영웅전설』, 다나카 요시키, 김완 옮김, 디앤씨미디어, 2011

· 『이상한 존』, 올라프 스태플든, 김창규 옮김, 오멜라스, 2008

· 『익스팬스』, 제임스 S. A. 코리, 최용준 옮김, 아작, 2016

· 『절망의 구』, 김이환, 예담, 2009

· 『조던의 아이들』, 로버트 A. 하인라인, 최세민 옮김,
기적의책, 2011

· 『지상의 여자들』, 박문영, 그래비티북스, 2018

· 『집행인의 귀향』, 로저 젤라즈니, 김상훈 옮김, 북스피어, 2010

· 『천국보다 성스러운』, 김보영, 알마, 2019

· 『첫숨』, 배명훈, 문학과지성사, 2015

· 『청혼』, 배명훈, 문예중앙, 2013

· 『체인질링』, 로저 젤라즈니, 김상훈 옮김, 폴라북스, 2013

· 『춤추는 자들의 왕』, 유진, 황금가지, 2010

· 『쿼런틴』, 그렉 이건, 김상훈, 행복한책읽기, 2003

· 『콘택트』, 칼 세이건, 이상원 옮김, 사이언스북스, 2001

· 『타우 제로』, 폴 앤더슨, 천승세 옮김, 나경문화, 1992

· 『타이거! 타이거!』, 알프레드 베스터, 최용준 옮김, 시공사, 2004

· 『타임머신』, H. G. 웰즈, 김석희 옮김, 열린책들, 2011

· 『테세우스의 배』, 이경희, 그래비티북스, 2019

· '파운데이션 시리즈', 아이작 아시모프, 김옥수 옮김, 황금가지
　-『파운데이션』, 2013
　-『파운데이션과 제국』, 2013
　-『제2 파운데이션』, 2013
　-『파운데이션의 끝』, 2013
　-『파운데이션과 지구』, 2013
　-『파운데이션의 서막』, 2013
　-『파운데이션을 향하여』, 2013

- 『파워』, 나오미 앨더만, 정지현 옮김, 민음사, 2020
- 『펀치 에스크로』, 탈 M. 클레인, 정세윤 옮김, 구픽, 2018
- 『프랑켄슈타인』, 메리 셸리, 구자언 옮김, 더스토리, 2018
- 『하늘의 물레』, 어슐러 K. 르 귄, 최준형 옮김, 황금가지, 2010
- '헤인 시리즈', 어슐러 K. 르 귄
    - 『어둠의 왼손』, 서정록 옮김, 시공사, 2002
    - 『빼앗긴 자들』, 이수현 옮김, 황금가지, 2002
    - 『로캐넌의 세계』, 이수현 옮김, 황금가지, 2005
    - 『유배 행성』, 이수현 옮김, 황금가지, 2005
    - 『환영의 도시』, 이수현 옮김, 황금가지, 2005
    - 『세상을 가리키는 말은 숲』, 최준형 옮김, 황금가지, 2012
- 『화씨 451』, 레이 브레드버리, 박상준 옮김, 황금가지, 2009
- 『히페리온』, 댄 시먼스, 최용준 옮김, 열린책들, 2009

중단편집
- '다아시 경 시리즈', 랜달 개릿, 행복한책읽기
    - 『셰르부르의 저주』, 강수백 옮김, 2003
    - 『마술사가 너무 많다』, 김상훈 옮김, 2006
    - 『나폴리 특급 살인』, 김상훈 옮김, 2007
- 『독재자』, 듀나 외, 뿔, 2010
- 『멀리 가는 이야기』, 김보영, 행복한책읽기, 2010
- 『바람의 열두 방향』, 어슐러 K. 르 귄, 최용준 옮김, 시공사, 2004
- 『백만광년의 고독』, 김보영 외, 오멜라스, 2009
- 『아직은 신이 아니야』, 듀나, 창비, 2013
- 『아빠의 우주여행』 정보라 외, 황금가지, 2010
- 『얼터너티브 드림』, 복거일 외, 황금가지, 2007
- 『저주받은 자 딜비쉬』, 로저 젤라즈니, 김상훈 옮김, 너머, 2005
- 『진화신화』, 김보영, 행복한책읽기, 2010
- 『커피잔을 들고 재채기』, 이영도 외, 황금가지, 2009

- 『타워』, 배명훈, 오멜라스, 2009
- 『태평양 횡단특급』, 듀나, 문학과지성사, 2002
- 『휴먼 디비전』, 존 스칼지, 이원영 옮김, 샘터, 2013
- 『U, ROBOT』, 듀나 외, 황금가지, 2009

중단편 소설

- 「게으른 사관과 필사하는 목각기계」, 이경희,
  환상문학웹진 거울 게재, 2020
- 「공생가설」, 김초엽, 『우리가 빛의 속도로 갈 수 없다면』 수록,
  허블, 2019
- 「기생」, 듀나, 『태평양 횡단특급』 수록, 문학과지성사, 2002
- 「골렘」, 이영도, 『오버 더 호라이즌』 수록, 황금가지, 2004
- 「그리고 아무도 없었다」, 에릭 프랭크 러셀, 김지원 옮김,
  『SF 명예의 전당 3』 수록, 오멜라스, 2011
- 「그림자놀이」, 천선란, 『어떤 물질의 사랑』 수록, 아작, 2020
- 「관내분실」, 김초엽, 『우리가 빛의 속도로 갈 수 없다면』 수록,
  허블, 2019
- 「기사증후군」, 박소현, 『여성작가SF단편모음집』 수록,
  온우주, 2018
- 「꼬리가 없는 하얀 요호 설화」, 이경희,
  『꼬리가 없는 하얀 요호 설화』 수록, 황금가지, 2020
- 「끈」, 듀나, 『태평양 횡단특급』 수록, 문학과지성사, 2002
- 「나의 우주 영웅에 관하여」, 김초엽,
  『우리가 빛의 속도로 갈 수 없다면』 수록, 허블, 2019
- 「네 인생의 이야기」, 테드 창, 김상훈 옮김,
  『당신 인생의 이야기』 수록, 행복한책읽기, 2004
- 「다람쥐전자 SF팀의 대리와 팀장」, 곽재식,
  『지상 최대의 내기』 수록, 아작, 2019
- 「달은 초록으로 빛난다」, 프리츠 라이버, 박종호 옮김,

위즈덤커넥트, 전자책 출간, 2019

· 「대리전」, 듀나, 『대리전』 수록, 이가서, 2006

· 「독립의 오단계」, 이루카,
『제2회 한국과학문학상 수상작품집』 수록, 허블, 2018

· 「두 번째 변종」, 필립 K. 딕, 정영목 옮김,
『마니아를 위한 세계 SF 걸작선』 수록, 도솔, 2002

· 「라만차의 기사」, 김성일, 브릿G 게재, 2018

· 「로드킬」, 아밀, 『여성작가SF단편모음집』 수록, 온우주, 2018

· 「로봇반란 32년」, 곽재식, 환상문학웹진 거울 게재, 2014

· 「러브 모노레일」, 윤여경, 『러브 모노레일』 수록, 황금가지, 2016

· 「마음 여린 땅꾼과 산에 깔린 이무기 설화」, 이경희
『hi there, dragon』 수록, 미씽아카이브, 2020

· 「멀티플렉서」, 남세오(노말시티), 브릿G 게재, 2018

· 「미래로 가는 사람들」, 김보영, 『멀리 가는 이야기』 수록,
행복한책읽기, 2010

· 「바빌론의 탑」, 테드 창, 김상훈 옮김, 『당신 인생의 이야기』 수록,
행복한책읽기, 2004

· 「밤의 끝」, 해도연, 『오늘의 SF 1호』 게재, 2019

· 「방황하는 씨'멜의 연가」, 코드웨이너 스미스, 최세진 옮김,
『SF 명예의 전당 3』 수록, 오멜라스, 2011

· 「백혈」, 임태운, 『그것들』 수록, 에오스, 2018

· 「벨제붑」, 남세오(노말시티), 브릿G 게재, 2018

· 「브로콜리 평원의 혈투」, 듀나, 『브로콜리 평원의 혈투』 수록,
자음과모음, 2011

· 「사방에서 신록이 스멀거리고」, 양진, 브릿G 게재, 2019

· 「생성적 적대 신경망에 기반한 인공지능 영일도사」,
남세오(노말시티), 브릿G 게재, 2019

· 「세이브」, 김용준, 『러브 모노레일』 수록, 황금가지, 2016

· 「소프트웨어 객체의 생애 주기」, 테드 창, 김상훈 옮김, 『숨』 수록,

엘리, 2019

· 「수즈달 중령의 범죄와 영광」, 코드웨이너 스미스,
『월간 판타스틱』 2008년 3월호 게재, 2008

· 「순례자들은 왜 돌아오지 않는가」, 김초엽,
『우리가 빛의 속도로 갈 수 없다면』 수록, 허블, 2019

· 「스캐너의 허무한 삶」, 코드웨이너 스미스, 최세진 옮김,
『SF 명예의 전당 2』 수록, 오멜라스, 2010

· 「스펙트럼」, 김초엽, 『우리가 빛의 속도로 갈 수 없다면』 수록,
허블, 2019

· 「시간 위에 붙박인 그대에게」, 심너울,
『나는 절대 저렇게 추하게 늙지 말아야지』 수록, 아작, 2020

· 「신화의 해방자」, 심너울, 『땡스 갓, 잇츠 프라이데이』 수록,
안전가옥, 2020

· 「아스테로이드 독립의 서막」, 폴 엔더슨, TR클럽 옮김,
위즈덤커넥트, 전자책 출간, 2016

· 「안개」, 스티븐 킹, 조영학 옮김,
『스티븐 킹 단편집-스켈레톤 크루』 수록, 황금가지, 2006

· 「안녕, 아킬레우스」, 해도연, 『꼬리가 없는 하얀 요호 설화』 수록,
황금가지, 2020

· 「안사락 족의 계절」 어슐러 K. 르 귄, 최세민, 정은영,
정혜정 옮김, 『오늘의 SF 걸작선』 수록, 황금가지, 2004

· 「얼마나 닮았는가」, 김보영,
『아직 우리에겐 시간이 있으니까』 수록, 한겨레 출판, 2017

· 「엄마의 설명력」, 배명훈, 『안녕, 인공존재!』 수록, 북하우스, 2010

· 「영웅」, 배명훈, 환상문학웹진 거울 게재, 2008

· 「에딘에게 보고합니다」, 남세오(노말시티),
환상문학웹진 거울 게재, 2020

· 「외모 지상주의에 관한 소고: 다큐멘터리」, 테드 창, 김상훈 옮김,
『당신 인생의 이야기』 수록, 행복한책읽기, 2004

· 「우주가 멈춘다!」, 이경희, 환상문학웹진 거울 게재, 2020
· 「우주에서 온 색채」, H. P. 러브크래프트, 정진영 옮김,
『러브크래프트 전집 2』 수록, 황금가지, 2009
· 「인지 공간」, 김초엽, 『오늘의 SF 1호』 게재, 2019
· 「일흔두 글자」, 테드 창, 김상훈 옮김, 『당신 인생의 이야기』 수록,
행복한책읽기, 2004
· 「읽다가 그만두면 큰일나는 글」, 곽재식,
『최후의 마지막 결말의 끝』 수록, 오퍼스프레스, 2015
· 「저 길고양이들과 함께」, 심너울,
『나는 절대 저렇게 추하게 늙지 말아야지』 수록, 아작, 2020
· 「전도서에 바치는 장미」, 로저 젤라즈니, 김상훈 옮김,
『전도서에 바치는 장미』 수록, 열린책들, 2009
· 「정적」, 심너울, 『땡스 갓, 잇츠 프라이데이』 수록, 안전가옥, 2020
· 「제국보다 광대하고 더욱 느리게」, 어슐러 K. 르 귄, 최용준 옮김,
『바람의 열두 방향』 수록, 시공사, 2004
· 「쥐와 용의 게임」, 코드웨이너 스미스, 이형진 옮김,
환상문학웹진 거울 게재, 2013
· 「즐거운 사냥을 하길」, 켄 리우, 장성주 옮김, 『종이 동물원』 수록,
황금가지, 2018
· 「증명된 사실」, 이산화, 『증명된 사실』 수록, 아작, 2019
· 「지상 최후의 사람일까요」, 곽재식, 환상문학웹진 거울 게재, 2019
· 「지옥은 신의 부재」, 테드 창, 김상훈 옮김,
『당신 인생의 이야기』 수록, 행복한책읽기, 2004
· 「최고의 가축」, 심너울, 『땡스 갓, 잇츠 프라이데이』 수록,
안전가옥, 2020
· 「최후의 마지막 결말의 끝」, 곽재식,
『최후의 마지막 결말의 끝』 수록, 오퍼스프레스, 2015
· 「치킨과 맥주」, 권민정, 『여성작가SF단편모음집』 수록,
온우주, 2018

· 「카이와 판돔의 번역에 관하여」, 이영도, 『얼터너티브 드림』 수록,
황금가지, 2007

· 「칼리스토 법정의 역전극」, 곽재식, 환상문학웹진 거울 게재, 2018

· 「클리셰」, 심너울, 브릿G 게재, 2019

· 「키메라」, 이영도, 『오버 더 호라이즌』 수록, 황금가지, 2004

· 「파촉, 삼만리」, 전혜진, 환상문학웹진 거울 게재, 2019

· 「평형추」, 듀나, 『독재자』 수록, 뿔, 2010

· 「프로스트와 베타」, 로저 젤라즈니, 김상훈 옮김,
『전도서에 바치는 장미』 수록, 열린책들, 2009

· 「피드스루」, 남세오(노말시티), 브릿G 게재, 2018

· 「황금의 배가 오! 오! 오!」, 코드웨이너 스미스,
『월간 판타스틱』 2008년 3월호 게재, 2008

· 「희박한 환각」, 이산화, 『증명된 사실』 수록, 아작, 2019

· 「Charge!」, 배명훈, 『총통각하』 수록, 북하우스, 2012

· 「TRS가 돌보고 있습니다」, 김혜진,
『제2회 한국과학문학상 수상작품집』 수록, 허블, 2018

· 「χ Cred/t」, 이경희, 『대스타』 수록, 안전가옥, 2020

만화

· 《2001 스페이스 판타지아》, 호시노 유키노부, 애니북스, 2009

· 《공각기동대》, 시로 마사무네, 대원씨아이, 2017

· 《기생수》, 이와아키 히토시, 학산문화사, 2003

· 《김탐정 사용설명서》, 이장희, 다음 웹툰, 2016~

· 《꿈의 기업》, 문지현, 네이버 웹툰, 2016~

· 《나노리스트》, 민송아, 네이버 웹툰, 2016~2018

· 《나만이 없는 거리》, 산베 케이, 소미미디어, 2015

· 《나이트런》, 김성민, 네이버 웹툰, 2009~

· 《내추럴 리드미칼》, 전상영, 다음 웹툰, 2009~

· 《당신의 모든 순간》, 강풀, 다음 웹툰, 2010~2011

· 《데드 데이즈》, DEY, 네이버 웹툰, 2014~2015

· 《드래곤 헤드》, 모치즈키 미네타로, 서울문화사, 2000

· 《덴마》, 양경일, 네이버 웹툰, 2010~2019

· 《레드문》, 황미나, 서울문화사, 1994~1998

· 《먹이》, 외눈박이, 박수봉, 네이버 웹툰, 2019~

· 《밀크 특공대》, 토미자와 히토시, 대원씨아이, 2001

· 《블레임!》, 니헤이 츠토무, 소미미디어, 2020

· 《스페이스 킹》, 박성용, 네이버 웹툰, 2012~

· 《스프리건》, 타카시게 히로시, 미나가와 료지, 대원씨아이, 2005

· 《시도니아의 기사》, 니헤이 츠토무, 애니북스, 2012

· 《신도림》, 오세형, 네이버 웹툰, 2016~

· 《아키라》, 오토모 카즈히로, 세미콜론, 2013

· 《어벤져스 시리즈》, 마블 코믹스, 1963~

· 《엑스맨 시리즈》, 마블 코믹스, 1963~

· 《우주해적 캡틴 하록》, 마쓰모토 레이지, 미우, 2019

· 《이트맨》, 요시토미 아키히토, 삼양출판사, 2002

· 《조의 영역》, 조석, 네이버 웹툰, 2017~2020

· 《좀비딸》, 이윤창, 네이버 웹툰, 2018~

· 《죠죠의 기묘한 모험》, 아라키 히로히코, 애니북스, 2013

· 《철인전사 가이버》, 타카와 요시키, 학산문화사, 1997~

· 《츠바사》, CLAMP, 학산문화사, 2003~2010

· 《총몽》, 기시로 유키토, 서울문화사, 2000

· 《카페 알파》, 아시나노 히토시, 학산문화사, 1997

· 《타이밍》, 강풀, 다음 웹툰, 2005

· 《테라포마스》, 타치바나 켄이치, 학산문화사, 2013~

· 《트레이스》, 네스티캣, 다음 웹툰, 2007~

· 《파이브 스타 스토리》, 나가노 마모루, 서울문화사, 1997~

· 《프라네테스》, 유키무라 마코토, 삼양출판사, 2001

· 《MAPS》, 하세가와 유이치, 학산문화사, 1997

애니메이션

· 《공각기동대》, 오시이 마모루, 1995

· 《기동경찰 패트레이버 시리즈》, 오시이 마모루 외, 1988~2002

· 《기동전사 건담 시리즈》, 토미노 요시유키 외, 1979~

· 《마법소녀 마도카☆마기카》, 신보 아키유키, 2011

· 《무책임 함장 테일러》, 마시모 코이치, 1992

· 《무한의 리바이어스》, 타니구치 고로, 1999

· 《바람계곡의 나우시카》, 미야자키 하야오, 1984

· 《소녀혁명 우테나》, 이쿠하라 쿠니히코, 1997

· 《스파이더맨: 뉴 유니버스》, 피터 램지, 밥 퍼시케티,
  로드니 로스먼, 2018

· 《신비한 바다의 나디아》, 안노 히데아키, 1990

· 《신세기 사이버포뮬러》, 후쿠다 미츠오, 1991~1998

· 《신세기 에반게리온》, 안노 히데아키, 1995

· 《엑소 특공대》, 제프 시걸, 1993

· 《요술 소녀》, 안노 타카시, 토키타 하로코, 1993

· 《우주의 스텔비아》, 사토 타츠오, 2003

· 《은하철도 999》, 니시자와 노부타카, 1978~1981

· 《전설거신 이데온》, 토미노 요시유키, 1980

· 《천공의 성 라퓨타》, 미야자키 하야오, 1986

· 《초시공요새 마크로스》, 가와모리 쇼지, 1982

· 《카우보이 비밥》, 와타나베 신이치로, 1998

· 《톱을 노려라!》, 안노 히데아키, 1988

영화

· 〈12 몽키즈〉, 테리 길리엄, 1995

· 〈13층〉, 조셉 러스낵, 1999

· 〈28일 후〉, 대니 보일, 2002

· 〈2001 스페이스 오디세이〉, 스탠리 큐브릭, 1968

· 〈6번째 날〉, 로저 스포티스우드, 2000

· 〈가타카〉, 앤드루 니콜, 1997

· 〈괴물〉, 봉준호, 2006

· 〈그녀〉, 스파이크 존즈, 2013

· 〈그래비티〉, 알폰소 쿠아론, 2013

· 〈나의 마더〉, 그랜트 스퍼토어, 2019

· 〈너바나〉, 가브리엘 살바토레, 1997

· 〈닥터 스트레인지〉, 스콧 데릭슨, 2016

· 〈더 문〉, 덩칸 존스, 2009

· 〈더 씽〉, 존 카펜터, 1982

· 〈라이프〉, 다니엘 에스피노사, 2017

· 〈레디 플레이어 원〉, 스티븐 스필버그, 2018

· 〈레지던트 이블〉, 폴 W. S. 앤더슨, 2002

· 〈루퍼〉, 라이언 존슨, 2012

· 〈매드맥스 시리즈〉, 조지 밀러, 1979~1985, 2015

· 〈매트릭스 시리즈〉, 릴리 워쇼스키, 라나 워쇼스키, 1999~2003

· 〈맨 오브 스틸〉, 잭 스나이더, 2013

· 〈미스트〉, 프랭크 다라본트, 2007

· 〈바이센테니얼 맨〉, 크리스 콜럼버스, 2000

· 〈반지의 제왕 시리즈〉, 피터 잭슨, 2001~2003

· 〈배틀 쉽〉, 피터 버그, 2012

· 〈백 투더 퓨처 시리즈〉, 로버트 저메키스, 1985~1990

· 〈블레이드 러너〉, 리들리 스콧, 1982

· 〈사랑의 블랙홀〉, 해롤드 래미스, 1993

· 〈살아있는 시체들의 밤〉, 조지 A. 로메로, 1968

· 〈선샤인〉, 대니 보일, 2007

· 〈설국열차〉, 봉준호, 2013

· 〈소스 코드〉, 덩칸 존스, 2011

· 〈스카이라인〉, 콜린 스트로즈, 그렉 스트로즈, 2010

- 〈스타워즈 시리즈〉, 조지 루카스 외, 1977~
- 〈스플라이스〉, 빈센조 나탈리, 2009
- 〈싸인〉, M. 나이트 샤말란, 2002
- 〈아마겟돈〉, 마이클 베이, 1998
- 〈아바타〉, 제임스 카메론, 2009
- 〈아이언맨〉, 존 파브르, 2008
- 〈아일랜드〉, 마이클 베이, 2005
- 〈애드 아스트라〉, 제임스 그레이, 2019
- 〈어바웃 타임〉, 리처드 커티스, 2013
- 〈어벤져스 시리즈〉, 조스 웨던 외, 2012~
- 〈어제가 오면〉, 스테폰 브리스톨, 2019
- 〈에이리언 시리즈〉, 리들리 스콧 외, 1979~1997, 2017
- 〈오블리비언〉, 조지프 코신스키, 2013
- 〈엑스 마키나〉, 알렉스 가랜드, 2014
- 〈엘리시움〉, 닐 블롬캠프, 2013
- 〈엣지 오브 투모로우〉, 크리스토퍼 맥쿼리, 2014
- 〈옥자〉, 봉준호, 2017
- 〈웜 바디스〉, 조너선 레빈, 2013
- 〈월드워 Z〉, 마르크 포르스터, 2013
- 〈월드 인베이젼〉, 조너선 리브스만, 2011
- 〈유랑지구〉, 궈판, 2019
- 〈이벤트 호라이즌〉, 폴 W. S. 앤더슨, 1997
- 〈이퀼리브리엄〉, 커트 위머, 2002
- 〈인디펜던스 데이〉, 롤랜드 에머리히, 1996
- 〈인베이젼〉, 올리버 히르비겔, 제임스 맥티그, 2007
- 〈인터스텔라〉, 크리스토퍼 놀란, 2014
- 〈일라이〉, 앨버트 휴즈, 앨런 휴즈, 2010
- 〈저주받은 도시〉, 존 카펜터, 1995
- 〈제5원소〉, 뤽 베송, 1997

· 〈좀비랜드〉, 루빈 플레셔, 2009

· 〈지구를 지켜라!〉, 장준환, 2003

· 〈케이팩스〉, 이안 소프틀리, 2001

· 〈터미네이터 시리즈〉, 제임스 카메론 외, 1984~2019

· 〈토탈 리콜〉, 폴 버호벤, 1990

· 〈트랜센던스〉, 월리 피스터, 2014

· 〈트론〉, 스티븐 리스버거, 1982

· 〈파이널 데스티네이션 시리즈〉, 제임스 웡 외, 2000~2011

· 〈패컬티〉, 로버트 로드리게스, 1998

· 〈팬도럼〉, 크리스티앙 알바트, 2009

· 〈프로메테우스〉, 리들리 스콧, 2012

· 〈화성 침공〉, 팀 버튼, 1996

· 〈A.I.〉, 스티븐 스필버그, 2001

· 〈E.T.〉, 스티븐 스필버그, 1982

TV 및 OTT 드라마

· 〈기묘한 이야기〉, 넷플릭스, 2016~

· 〈나인: 아홉 번의 시간여행〉, tvN, 2013

· 〈닥터 후〉, BBC one, 1963~

· 〈로스트〉, ABC, 2004~2010

· 〈배틀스타 갤럭티카〉, Syfy, 2004~2009

· 〈블랙미러〉, 넷플릭스, 2011~

· 〈스타게이트〉, Syfy, 1997~2007

· 〈스타트렉〉, NBC, 1966~

· 〈아웃랜더〉, Starz, 2014~

· 〈어센션〉, Syfy, 2014

· 〈얼터드 카본〉, 넷플릭스, 2018~

· 〈에이전트 오브 쉴드〉, ABC, 2013~

· 〈엑스파일〉, FOX, 1993~2018

· 〈워킹데드〉, AMC, 2010~

· 〈킹덤〉, 넷플릭스, 2019~

· 〈타임리스〉, NBC, 2016~2018

· 〈파이어 플라이〉, FOX, 2002~2003

· 〈프린지〉, FOX, 2008~2013

· 〈The 4400〉, USA Network, 2004~2007

컴퓨터 게임 및 보드게임

· [60 Seconds!], 로봇 젠틀맨 스튜디오, 2015

· [데스 스트랜딩], 코지마 프로덕션, 2019

· [둠], 이드 소프트웨어, 1993

· [듄 2], 웨스트우드 스튜디오, 1992

· [디트로이트 비컴 휴먼], 퀀틱 드림, 2018

· [라스트 오브 어스], 너티독, 2013

· [리그 오브 레전드], 라이엇 게임즈, 2009

· [매스 이펙트], 바이오웨어, 2007

· [바이오쇼크: 인피니트], 이래셔널 게임즈, 2013

· [바이오 하자드], 캡콤, 1996

· [슈타인즈 게이트], 니트로 플러스, 2009

· [사이버펑크 2020], R. 탤스토리안 게임즈, 1990

· [시드마이어의 문명 2], 마이크로프로즈, 1996

· [스타워즈: 레벨 어설트], 루카스 아츠 엔터테인먼트, 1993

· [스타워즈: 오더의 몰락], 리스폰 엔터테인먼트, 2019

· [스타크래프트], 블리자드 엔터테인먼트, 1998

· [아우터 월드], 옵시디언 엔터테인먼트, 2019

· [앤썸], 바이오웨어, 2019

· [드래곤 슬레이어: 영웅전설], 니혼 팔콤, 1989

· [오버워치], 블리자드 엔터테인먼트, 2016

· [울티마 온라인], 오리진, 1997

- [워해머 40k], 게임즈 워크숍, 1983~
- [윙커맨더 4], 오리진, 1996
- [창세기전 2], 소프트맥스, 1996
- [커맨드 앤 컨커], 웨스트우드 스튜디오, 1995
- [콘트롤], 레메디 엔터테인먼트, 2019
- [콜 오브 듀티: 어드밴스드 워페어], 슬레지해머 게임즈, 2014
- [토탈 어나힐레이션], 케이브독 엔터테인먼트, 1997
- [파이널 판타지 7], 스퀘어, 1997
- [폴아웃 3], 베데스다, 2008
- [하프 라이프], 밸브, 1998
- [헤일로], 번지 스튜디오, 2001
- [홈월드], 렐릭 엔터테인먼트, 1999
- [EVE 온라인], CCP 게임즈, 2003

언급되지 못한 추천작 리스트

이 책에서 가장 분량이 많은 파트는 '언급된 리스트'다. 이 리스트를 정리하는 데만 꼬박 열 시간이 걸렸을 정도다. 그런데도 추천하지 못해 아쉬운 작품들이 남아 있어 마지막으로 조금만 더 언급해 보고자 한다.

「센서티브」, 이서영, 『과학동아』 게재, 2017

이서영은 가장 낮고 깊은 시선으로 세상의 심연을 읽어내는 작가다. 문명 세계의 악의가 진득하게 썩어 고인 바닥의 진흙을 기꺼이 헤집어 세상 앞에 드러내 보이는 투사이기도 하다. 약자들에 대한 한없이 섬세한 애정과 강자에 맞서 꺾이지 않는 결연함. 「센서티브」는 우리가 세상에 대해 가져야 할 태도를 거의 완벽한 형태로 제시하는 단편이다.

「이 결혼 안 됩니다」, 곽재식,
'환상문학웹진 거울' 게재, 2007

'환상문학웹진 거울'에 게재된 곽재식의 초기 단편이다. 어째서 이 작품에 대해 아무도 이야기하지 않는지, 어째서 이 작품은 종이책으로 출간되지 않는 것인지(사실 그의 팬들에 의해 비공식 출간된 적이 있긴 하다) 나는 도무지 이해할 수가 없다.

「이 결혼 안 됩니다」에서는 과학자들의 애환을 리얼하게 담아내는 소위 '환장문학'의 요소와 곽재식 스타일의 수줍고 귀여운 로맨스가 조화롭게 어우러진다. 그야말로 곽재식 문학의 뿌리를 엿볼 수 있는 정수랄까.

〈센스8〉, 넷플릭스 오리지널 시리즈, 2015~2018

이 작품 하나만으로도 넷플릭스 1년치 구독료가 아깝지 않았다. 〈매트릭스〉의 워쇼스키 자매가 연출한 이 드라마는 텔레파시로 한 몸처럼 이어진 여덟 명의 주인공들의 이야기를 다룬다. 우리의 주인공들은 거대한 비밀조직과 맞서는 한편, 각자가 지닌 개인적인 문제 상황도 동시에 해결해야 한다. 특히 젠더와 섹스의 문제에 대해 이보다 진지하게 정면승부하는 장르 드라마는 찾아보기 힘들다. 전 세계를 누비는 엄청난 스케일의 로케이션만으로도 시청할 가치가 충분한데, 특히 한국처럼 생긴 한국이 등장하는 몇 안 되는 작품이기도 하다.

《불새》, 데즈카 오사무, 학산문화사, 2011

만화의 신이 세상에 남긴 최후의 걸작. 이 작품은 '불새'라는 이름의, 영생불멸을 가져다 준다고 알려진 신비의 새를 중심으로 우주의 시작과 끝을 관통하는 장대한 스케일을 그린다. 이 작품 속 인물들은 모두 조금씩 홀려 있고, 집착하며, 필사적으로 저항하다 끝내 비극적 최후를 맞이한다. 바로 '자신의 운명'에.

『달은 무자비한 밤의 여왕』, 로버트 A. 하인라인,
안정희 옮김, 황금가지, 2009

2020년에 하인라인을 추천하자니 조금 고리타분한 게 아닌가 싶지만, 그래도 이 작품만은 충분히 추천할 가치가 있다. 이 책을 펼치는 순간 당신은 장장 600페이지에 달하는 두툼한 분량이 순식간에 사라지는 경험을 하게 될 것이다. 재미라는 측면에서 이보다 더 훌륭했던 소설은 이전에도, 이후에도 경험하지 못했다.

[포탈], 밸브, 2007

이보다 SF적인 재미가 충만한 게임이 또 있을까? 기괴하기 짝이 없는 실험실. 비밀을 가득 품은 흥미로운 줄거리. 포탈 발생기를 활용한 참신한 퍼즐. 도도하고 과묵한 첼과 수다쟁이 인공지능 GLaDOS 사이의 궁합까지 하나같이 너무 좋다. 게임성 면에서도, SF 이야기로서도 완벽한 작품이다. 케이크는 거짓이야!

〈푸시〉, 폴 맥기건, 2009

다들 이 영화가 망한 영화라고들 하지만, 나는 이 영화가 너무 좋다. 캡틴 아메리카 역으로 유명한 크리스 에반스의 끔찍한 흑역사인 이 작품은 홍콩을 배경으로 벌어지는 초능력자들의 음모와 사투를 그린다. 상대의 미래를 읽으며 두뇌 싸움을 벌이는 와처(Watcher), 타인을 마음대로 조종하는 푸셔(Pusher), 화려한 염력을 흩뿌리는 무버(Mover) 등 다채로운 초능력이 내 취향에는 딱 좋았다. 하지만 결말은 음… 너무 기대는 하지 말자….

「다수파」, 이나경, 브릿G 게재, 2017

제1회 한국과학문학상 심사평 중에는 흥미로운 대목이 하나 있다. '다'로 시작하는 어떤 작품이 매우 완성도가 뛰어나지만, 과학소설로 보기 어려워 탈락했다는 언급이다. 나는 이 작품이 이나경의 「다수파」일 것이라 거의 확신하고 있다. 그리고 이 작품이 SF가 아니라는 평가에 도저히 동의할 수가 없다. 이 작품은 SF가 맞다. 게다가 정말 끝내주게 훌륭한 작품이다. 온라인 플랫폼 브릿G에 게재되어 있으니 많은 관심을 가져 주셨으면 좋겠다.

〈지구소녀 아르주나〉, 가와모리 쇼지, 2001

한때, "우리 나라는 왜 환경 애니메이션밖에 만들지 못하나요?"라는 자조 섞인 밈이 유행하던 시절이 있었다. 그때마다 나는 이렇게 대답하곤 했다. "환경이 테마인게 뭐가 어때서? 〈지구소녀 아르주나〉처럼 만들면 되잖아?"

힌두 경전 '바가바드 기타'의 세련된 은유인 이 애니메이션은 우리 앞에 놓인 환경 문제에 대해 20년은 앞선 수준의 메시지를 보여 준다. 우스꽝스러운 형광 쫄쫄이가 거북하더라도 꾹 참고(나중엔 안 나온다) 4화까지만 지켜보시라. 그럼 새로운 세상이 열릴 것이다.

혹자는 이 작품이 SF가 아니라고 말할지도 모르겠다. 하지만 원전 사고로 시작해 석유 고갈로 끝나는 이야기가 어떻게 SF가 아닐 수 있을까.

『부기팝은 웃지 않는다』, 카도노 코우헤이,
대원씨아이, 2002

라이트노벨 아니냐고? 맞다. 라이트노벨이라는 장르의
큰 기둥 중 하나다. 《죠죠의 기묘한 모험》 스타일의 초능력
서사를 가장 세련된 형태로 끌어올린 이 시리즈는 여러모로
'전기적 서사'의 교과서라 불릴 만하다. 일상과 얇게 미끄
러지듯 유리되는 차갑고 음침한 비일상의 공간감. 부기팝,
포르티시모, 유진, 이나즈마, 스푸키-E 등 매 에피소드마다
강렬한 인상을 남기는 캐릭터들. 사소한 사건이 전 세계적
위기로 급전되어 가는 빠른 전개 등 장르 작가라면 누구나
한 번쯤은 참고할 만한 요소들을 잔뜩 가지고 있다.

SF, 이 좋은 걸 이제 알았다니

1판 1쇄 발행 2020년 9월 7일
1판 2쇄 발행 2022년 6월 20일

지은이 이경희

발행인   김지아
표지 및 본문 디자인   진다솜
펴낸곳   구픽
출판등록   2015년 7월 1일 제2015호-27호
주소   서울시 광진구 동일로 459, 1102호
전화   02-491-0121
팩스   02-6919-1351
이메일   guzma@naver.com
홈페이지   www.gufic.co.kr

ISBN 979-11-87886-52-5   03810